小雨滴答

屈诗雨 著

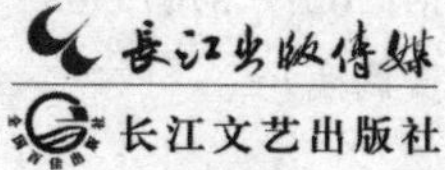
长江出版传媒
长江文艺出版社

图书在版编目（CIP）数据

小雨滴答 / 屈诗雨著. -- 武汉 : 长江文艺出版社，2018.9（2025.5 重印）

ISBN 978-7-5702-0665-0

Ⅰ. ①小… Ⅱ. ①屈… Ⅲ. ①日记－作品集－中国－当代 Ⅳ. ①I267.5

中国版本图书馆 CIP 数据核字(2018)第 220229 号

责任编辑：高田宏　　责任校对：程华清

封面设计：回归线视觉传达　　责任印制：邱　莉　韩　燕

出版：长江出版传媒 | 长江文艺出版社

地址：武汉市雄楚大街 268 号　　邮编：430070

发行：长江文艺出版社

电话：027—87679360

http://www.cjlap.com

印刷：三河市嵩川印刷有限公司

开本：880 毫米×1230 毫米　1/32　　印张：6

版次：2018 年 9 月第 1 版　　2025 年 5 月第 2 次印刷

字数：200 千字

定价：54.00 元

16岁之于15岁的差别，原来不只是1岁年龄区隔，还承载着365个日夜的拼搏和日积月累的成长。

致15岁的我们！

序

出版社嘱我为《小雨滴答》写几句话。初拿文稿，翻开目录，以为只是一般中学生的日记汇编。仔细读下来，才发现它的与众不同。

这本集子以时间为线索，讲述作者 2016 年元月至 2017 年元月整整一年的心路历程，虽以时间为点，每一篇单独成文，文后配以小作者简要的感言，连缀起来又形成完整的叙事体系。点面结合，从文学体式来看，颇有一番创新。叙事时间虽只有一年，却多方位展现了人生中的诸多重要转折点：总体叙事线索为初升高，尤其是关于择校的真实体验；分叙事包括择校过程中的名高签约、中考、培训、择班、文理选择等有关学业的困惑、纠结和解决；中间还贯穿作者腿伤恢复过程中家人的关心与照料、远方亲人来访、外高生活的精彩片断以及在生日、新年里发生的种种难忘之事。总体来说，二十三篇“日记”弥散出小作者不同凡响的才思、情思与文思。

这本集子蕴含小作者非常珍贵的才思。绝大多数篇什都呈现作者对于学业的理性思考。比如《雪花飘舞的“元调”》中，小作者对“元调”在名高签约中的三点重要性概括；《择班》中对外高“竞赛班”的四点独特性理解；《校长开学第一讲》中对校长讲话的深刻体悟；《学习辛苦吗？》对学习的理性认知……年仅十五岁的小作者，不只对“元调”在武汉市“签约”名高中的重要地位进行了深刻分析，而且对涉及的人物关系也进行了清晰的梳理。比如，她指出，“元调”是初中三年第一次市级组织的统一调考；检测武汉市初中学校两年半教学水平和学生学业情况，给学校、学生及家长自测提供一个有效参考值；给名校充足的时间做好招生宣传工作，给失利的学生充足的时间做好调整方案。这三个重要点与涉及的“中学教育质量主管部门”、“作为教育生力军的名高”、“弱势的普通高中”、“家长和学生”四层关系共同作用，决定了“元调”成为签约名高的重要环节。这样的宏观视野与论证逻辑，将一场调考在初升高以及名校签约中的重要作用非常有力地突显出来。小作者对于学习的论述尤为可贵，她认为学习是件很快乐的事情，涉猎新知识，了解新事物，掌握新技能，本来就是小孩子探索世界的本能，是最有趣的游戏。每个孩子都是一张白纸，对事物的认知都被社会添加了主观色彩，所以对学习的认知，常常也是被定了性。虽然大多时候，学习被涂上了“艳丽的功利主义色彩”，被裹上了“很辛苦”的关怀糖衣，但小作者反思这样的教育理念换来的是高分进入一流大学，却不能顺利毕业，正是学习被“辛苦”出来的结果。然后小作者指出，热爱学习的人，感觉到的是获取新知识的快感；觉得学习辛苦的人，心中只有无奈和煎熬。所以，小作者认为教育不应给孩子灌输“辛苦”的思想，要把学习当成平常事，当成一种快乐的本能，使学习成为生活的习惯，而不是阶段性的需求。高于同龄人的见识使整部文集充满了理性的火花、思想的魅力。

这本集子蕴含了小作者非常美好的情思。在理性、节制、具有思想性的整体风格中，也弥散生活的烟火味与世俗的人情味。这种烟火味与人情味表现在她的《出院回家》、《我帮叔叔减肥记》、《栀子花又开》、《奶奶驾到》等文中。出院回家后由外婆、父母、舅舅细致的照顾，回想到医院里护士阿姨对自己的悉心照料，麻醉师、主治医师手术时的细心严谨，同病房病号的相互关心，为了不影响“我”学习，全天不开电视，“要么选择发呆、看手机，要么出去转悠”，对“我”“嘘寒问暖”、“关怀备至”。所有的回忆都“美好而清晰”，也成为小作者永留心中的“感怀瞬间”。这种感恩之心还在《我帮叔叔减肥记》、《奶奶驾到》中有所体现。前者描写爸爸和几位叔叔坚持轮流背受腿伤的“我”上下楼；后者描写得知东北农村的奶奶来汉，从不做家务的妈妈亲自打扫，安排行程表等生活细节。当叔叔们说“感谢小雨帮我们减了肥”，家政阿姨感慨“你妈妈真是个了不起的女人”时，文章并未直接描写“我”的赞美之意，而是间接表现“我”在生活琐事中的感恩情怀。《栀子花又开》是文集中少有的表现“陌生人”的一篇，通过现实与回忆的双重叙事，用“我”的眼睛发现贩卖栀子花的城市底层百姓虽艰辛却其乐融融的生活，表现人与人之间的美好真情。敏锐的观察力、灵动的笔触使整部文集充满了人性的关怀。

这本集子蕴含了小作者非常细腻的文思。其语言在富含逻辑性之余饱满而丰盈，生动而灵性。在《决战中考之巅》中，作者描写自己名字的由来——雨水的韧性、包容与唯美，母亲想要赋予她“抽刀断水水更流和水滴石穿的勇气和坚韧”，“无论天空有多高，依然落到地面；无论道路上有多少山丘沙石，岩层土壤阻隔，依然渗透到地下，依然汇聚至江河海洋”。拥有雨的诗性、灵气与雅致的小作者对于身边事物的观察细腻而敏锐。她描写坐着轮椅在滂沱大雨的人流中赶赴中考考点时，眼中“只有各式各样的腿和鞋”，“它们几乎清一色的湿漉漉，鞋子碰触路面时总会溅起一串串水花。脚步匆匆，水花飞舞。和着雨水击打雨伞、地面、树叶的声音，像极了雨中狂想曲”。由于腿伤，作者坐在轮椅上，由父母撑伞护送，此时从地面的视角描写，不仅真实，而且独特，将她在雨中赶往考场时淡然镇定的心情表现得淋漓尽致。在《初窥问卷调查的奥妙》中，作者对人生、学习与成长感到困惑与彷徨，于是向母亲求教，当时的心情如此描写：“刚开始的时候还有些怯懦，甚至说话的声音都有些颤抖，心跳的声音几乎盖过了我说话的声音。”将忐忑不安的心情刻画得惟妙惟肖。在妈妈的指引下，“我”越来越兴奋，说得越来越精彩，终于妈妈提出用社会调查来解决问题，即从文献综述，到设计调查问卷，确定问卷调查样本点的抽样方法和范围，并开始实施调查，再到样本统计，形成数据，并分析数据，找到解决问题的路径和方法，最后形成调查报告、学术论文或建议报告。这一系列的专业问题令“我”既“纳闷”又被“吸引”,当“响亮的掌声划过空气，久久停留在书房的上空”，一句简单的白描，表现出“我”与妈妈击掌立誓的决心。巧妙的技法、精细的描写使整部文集充满了文华与光彩。

文如其人,《小雨滴答》体现出小作者对学习的理性、独特的见解，对生活的乐观、积极的态度，对人性的真挚、美好的关怀，对生命的舒展、节制的想象，是同龄人中少见的。《小雨滴答》是一种生命诗性的滴答,一种自然之声、天籁之音。我为小作者感到高兴，也为她祝福！

是为序。

方长安

2018年5月20日于珞珈山

这样的我们（自序）

去年因为电脑故障的缘故，妈妈在清理文档以备送修的过程中，偶然间点开了我命名比较隐蔽的日志文档。出于好奇，妈妈浏览了几页，然后像发现新大陆般背着我开始梦想和徜徉。

据说，妈妈在第一时间便按捺不住与爸爸进行了分享。两人通过一番密谋后，便一步一步地把我拉入他们精心设计好的“圈套”。妈妈先是利用一个周末我闲暇的时间，一边假意手把手地帮我厘清修理后电脑中的文档，一边很不经意地告诉了我她的发现。也许是我当时的反应并不那么强烈的缘故，妈妈便开始进一步推动她的计划。刻意逢迎，并故作楚楚可怜状，希望我能同意她看看。看着妈妈的那一脸渴盼，我稍作迟疑和纠结后，便应允了给她看半年之前的部分。也许是我同意得过于轻率，妈妈当时还有些不可置信，在表情由祈求状向惊喜状转换前的那一瞬间，面部肌肉都僵化停滞了。

想到这儿，我忍不住想笑。可怜的妈妈们，因为爱把自己卑微地定位为孩子奴，生怕有半点闪失影响我们的心情和学习。其实，我们并没那么脆弱和自我，只要爸妈能够足够理解青春懵懂的我们，能容得下我们偶尔的涣散和不足，我们是没有什么秘密不可以与他们分享的。再说，学习那么忙，我们又能有什么秘密呢？

我当时之所以只同意爸妈看半年之前的部分，也只是想给自己留下点只属于自己的小世界。毕竟太近的思想和情绪，自己还要留些时间和空当进行沉淀和消化。那天为避免妈妈对我产生不信任她的误解，我还特意跟妈妈承诺，等上大学后再跟她分享高中时期余下部分。妈妈也很豁达开明，表示以后我想跟她分享就跟她分享，或者只分享我觉得可以给她看的部分。因为每个人都应该有属于自己的小世界，她会绝对地尊重和信任我。瞧，这就是我们的妈妈！世上永远以我们为中心的人！

直到年前妈妈郑重地跟我谈她想把我的日志整理出版，以纪念那段美好的青春岁月，我才知道妈妈拿到我那部分日志后，做了很多事。他们先是选了其中一篇题为《栀子花又开》的日志投送出去，很快就被发表了；其次，又选了几篇送去出版社，找专业编辑评估了一下，觉得可以出版。于是便有了信心与底气，决定跟我谈出版的事。但为了不影响我的学习，一向藏不住事的妈妈，居然硬是憋到了放寒假后才跟我提及此事。

记得当时听完妈妈的建议，我觉得万分不可思议，认为妈妈有些异想天开。就我的文笔，初中每每考试，50 分的作文鲜少有上 40

分的，通常都是三十八九分，高中60分作文也鲜少上50分，通常也不过四十八九分。无论什么题材，无论什么老师阅卷，竟像是中了魔咒一般，始终超离不出这个分数。渐渐地，我便认定自己作文只能在这样一个水平，也渐渐地放弃了再向上提升一个分数段的念头。之所以会写些日志，其起因已经模糊不清了，也许起初不过是完成小学语文老师的作业罢。后来之所以坚持，也许是出于习惯，也许是随心所欲，也许是自己在成长过程中遇到了一些人或事需要自己静下心来做一番自我的思辨和反刍吧，总之不过是偶尔打发寂寥时光或消化情绪的一种方式。毕竟爸妈忙，家里又没其他人，常常想说话的时候往往是“对影成三人”，只好自说自话了。

慢慢地，随着年龄的增长，自己便愈发地喜欢用这种方式去宣泄自己的情感，思索人生，感悟世界了。每当沉浸在那一方小的电脑屏上，手指弹跳在键盘符号间，我的内心便是多彩的、快乐的、成熟的。恍惚间还有些“指点江山、挥斥方遒”的感觉。我很享受这一记录本心的过程，纯粹的思考，纯粹的自我表白，而不是任意文字的生硬堆砌。说实在的，我是极其不喜欢考试命题作文的。总是在我最没思想的时候，强迫自己在限定时间内用限定字数的文字去思考和表述某一问题。最要命的是，还要在短短时间内在那一方格子纸张上，不能涂改地一气呵成。而我常常是写着写着就想调整一下语句或是段落结构。显然这是不可能实现的，往往只能将错就错地凑合着完成一篇貌似工整的作文。慢慢地，我便开始惧怕写作文了。也因为此，从小我就特别佩服身边作文写得好的同学，他们思维严密，下笔如神，文思泉涌。无论是思想情感、写作习惯，还是文字功底，跟他们比，都是我遥不可及的。

所以，如果问我学习中有什么不自信的话，我最不自信的便数写作了。不仅仅是因为考试作文分数不理想和自己惧怕写作文，还有一层因素就是阅读实在太少。长这么大，除小时候阅读的各种画报、童话故事，以及学校要求阅读的中小学生简易版名著外，完整阅读书籍寥寥无几。不是不喜欢，对于我们来说，阅读其实是一种奢侈。我们每天的时间被各式的学习占据着，春夏秋冬，日复一日。有背不完的单词，刷不完的题。好不容易有点空闲，钢琴不能不弹吧？声乐不能不练吧？当然，这是我个人的选择，谁叫我喜欢艺术呢？在艺术与阅读之间，我之所以优先选择艺术，大概是因为艺术学习讲求童子功，而阅读却不论年龄，未来应该有的是时间去阅读吧。因此，有时我特别渴盼早点结束高考，期待着高考后的那个假期，可以彻底放空自己驰骋于书海，读万卷书，行万里路。因为我坚信没有大量的阅读，就不会有丰富的辞藻、高深的智慧，敏锐的哲思，犀利的观点，宽广的胸怀。我甚至认为没有宽泛阅读的人，他（她）的世界一定是狭小的。《平凡的世界》、《三体》、《贝多芬的骰子》……学校图书馆和家中书房陈列的那些书偶尔翻翻，虽爱不释手，却都只能作罢，只能期待那个夏日快快到来……

关于日志的出版，直到现在我的心都是惶恐忐忑的。就我那些随心所欲罗列的文字，散而杂乱，当得起出版吗？不会因此砸了长江文艺出版社的金字招牌吧？

而爸妈对此的态度却大相径庭。据爸爸透露，当妈妈无意间“偷看”几页我的文字后，便开始亢奋。等“诓骗”我授权阅读完那部分日志后，更是惊喜和惊艳不已！一连好些天都像打了鸡血似的，兴奋得连觉都睡不着，像祥林嫂般不停地对爸爸重复着溢美之词。听说从我这里征得同意正式拿到日志那晚，她一口气看到清晨五点多钟才看完。一看完，便把爸爸从睡梦中叫醒。爸爸给我描述说，当时他被妈妈叫醒时，着实吓了一大跳，以为出了什么事了呢。睁眼看到妈妈那亢奋的表情后，更觉得恐怖，以为自己错乱了。好不容易定下神来，才听清妈妈说的事儿。于是睡意全无，拿过妈妈手上的打印版开始阅读。妈妈居然完全没有睡意，继续凑在爸爸身边，陪他一同阅读。得亏是在周末，不然就影响工作了。而为了不影响我学习，他们的反常表现在我面前居然隐藏得滴水不漏，没有透露出一星半点。

我之所以同意出版，不是出于爸妈夸张的溢美之词。他们是我的父母，总是戴着滤镜和放大镜看我，一点点好，就会被无极限夸大。他们的赞誉是不足为信的，不过是对我的偏爱和鼓励罢了。之所以同意出版，其实是因为妈妈游说我那晚的一席话打动了我。她说，“不仅仅是给自己初升高那段追逐梦想的青葱岁月留下一个美好纪念，好让自己长大以后有一个可以追忆少年时光的印迹，更重要的是要通过自己最真实的成长记录让更多的人了解15岁的我们。”

是啊，15岁的我们，怎样的我们？

……

谨以此书纪念：15岁的我们！

2018年5月1日

目录

contents

[*2016 年 1 月 22 日—2017 年 1 月 28 日*]

2016 年 1 月 22 日 星期五 ◎

雪花飘舞的“元调”

窗外，白雪皑皑。

寂寥的天空，依稀还有些依恋人间良辰美景的雪花和着呼呼北风肆意飞舞着。望着不远处的白色屋顶，在灰蓝幽暗的暮色映衬下有着童话般的感觉。这些年来，武汉已经鲜少下雪。即便下雪，也大都只是在 12 月底或者元月初轻描淡写地零星飘洒一些雪花。似乎只是客套地向人们打个招呼，冬天已经来过了。而今年冬天的第一场雪，来得特别晚，也特别猛，到现在已经下了三天三夜了。尽管陆军总院的病房里温暖如春，我的脸却依然能清晰地感受到窗外凛冽寒风的吹拂。

我是喜欢冬天的。喜欢雪花飘舞的自由灵动，喜欢大地银装素裹的晶莹剔透，还喜欢皑皑世界的静谧与纯美。哪怕是平日生活周遭的一棵不起眼的寻常小树，一辆破旧的小自行车，抑或是那些低矮颓废的与现代化大都市极不相称的旧式筒子楼，经过冰雪的装扮，也会变得俏皮靓丽起来。

我尤其喜欢武汉的冬天。稍纵即逝，短暂而美好。虽然每每都还没来得及去细细品味和簇拥它的美好，便已化作昨日的种种，甚至有些年头只能靠些稀稀落落的雪花去遐思冰雪世界的场景。或许正是它的短暂和稀缺造就了它在武汉人心中的唯美。不用像北方城市那样烦恼旷日持久的暴风雪带来的生活不便，也不用去应对长达月余甚至数月天寒地冻的炼狱，更不用去介怀一次次残雪黑泥的浸染。

在武汉，下雪天对于市民来说，不过是人们一年中难得休憩身心的时刻，是上天赐予的珍贵礼物。每每下雪天，不论是老人、孩童，也不论是街道上步履趔趄赶着上班的人群，还是大马路上顶着“雪帽”缓缓前行的车流，原本忙忙碌碌、行色匆匆的人们都会变得无比雀跃和童心满满。大街上、校园里，随处可见大人或孩童们追逐嬉闹打雪仗、帅哥靓女们拿着手机拍雪景或任意摆 POSE 自拍的身影，马路边还时不时会冒出一两个造型独特的雪人来……无论是人们嘴里哈出的热气，还是汽车排气管和车窗周围弥漫开来的热雾，在那冬日的寒风里承载着的都是满满的温暖与温馨。

此刻的我，戴着白色耳机倚靠在白色病床上，拥裹着白色被子，悠然地听着音乐，手触摸着摆放在床上简易折叠小木桌上的银色苹果电脑键盘，望着窗外洁白的屋顶和不远处山坡上若隐若现的披着“雪被”的树林，仿佛飘荡在雪花飞舞的风中。寒风习习，沁人心扉。世界是这样宁静而美好，脑海里像过电影似的闪现出这些天的种种。

对于我这样不谙世事的人来说原本该是“人在囧途”，状况百出、惊心动魄的场景，此刻却变得那么平淡温馨。

这份静谧美好，令我自己都觉得诧异。怎么想都不该是一个原本正在紧张备战元月调考，却在考前不到一周突然摔跤导致左脚踝严重骨折住院，且今天下午刚刚参加完素来对于报考“名高”好班具有一锤定音之功效的“元调”考试，而下周一上午八点又将做在脚踝植入两颗钉子手术的初三学生应有的心境！

有些饶舌？

相当复杂。

捋一捋，否则太乱——

人物介绍：

女，元月刚过完15岁生日，初三学生一枚。

故事背景：初二期中考试全年级第一。此前，是全年级唯一没有跌出前十名的绩优生。初二期末考试成绩出现无先兆的断崖式下滑，初三月考，期中考试有所上升，但均未复进前十，压力山大。面对即将到来的“元调”，心惶惶然。从不干涉我学习的爸妈开始试探性地参与，方寸更乱……

故事线索：

1月13日晚妈妈与舞蹈老师约好从“元调”后第二天开始，

进行为期一周的舞蹈集训。

1 月 14 日约 13:40 突发事故！我在家吃过中饭匆忙出门上学时，不慎在客厅摔倒，刹那间无甚感觉，爬起来一瘸一拐地走到门口换鞋时突然疼痛难忍。坐在门旁红色蹦床上查看，才发现左脚踝处大面积瘀血红肿。一直站在门外旁观催促、不以为然的妈妈才警觉慌乱起来，当即张罗人送医。在去医院的路上摸着我的脚几度落泪。

1 月 14 日约 17:00 经过一系列检查，确诊左脚踝骨折，需住院手术固定。入住陆军总院骨科住院部 9 楼。

1 月 15 日几乎全天候进行各种术前检查。

1 月 18 日医生会诊，明确手术方案。鉴于我不日要参加元月调考，只好把手术日期推迟到调考后的星期一，即 25 日上午 8 点。主治医生叔叔和护士长阿姨特别有爱，为了让我有一个相对安静的备考环境，帮我协调至 8 楼骨科单独病房。

1 月 20 日开始下雪。21 日清晨大地一片雪白。接连几日，大雪不止。

1 月 21 日—22 日武汉市初三元月调考如期举行。按照医院规定，患者住院期间不允许离院。因为原因特殊，妈妈写了请假条，报送主治医生和科室主任签字同意后才破例允许，但依然要求严格按照约定时间早晨出门，下午考完试即刻返回病房。冒着大雪，爸爸妈妈每天清晨从医院接我去学校，在考场

坐着轮椅参加考试（妈妈借了张可以安放轮椅的大号课桌，学校老师将之放置到我原考场的最后一排）。中午就近在武大外校仅一条马路之隔的丰颐大酒店钟点房午休用餐。下午考完便直接返回医院。

1 月 25 日进行手术；发布“元调”成绩。

而此刻的时间节点，正好是 22 日下午 5 点 48 分，“元调”结束后。也就是说，此刻的我应有的状态是：大考后的惶恐，骨折处的疼痛，手术前的恐惧，术后是否有后遗症的担忧，以及不能外出踏雪寻梅、打雪仗、堆雪人的焦躁。

然而，除了脚踝处的疼痛确确实实存在外，其他一切全无。

不仅如此，心里还无比宁静怡然。似乎这一切都不是事儿。难怪妈妈常戏谑我处事不惊、有大将之风。骨折的事发生后，身为职业女性的妈妈，居然脆弱不堪，对我的心疼、对脚踝康复预期和“元调”考试的担忧，搞得我还肩负时不时安慰她那受伤心灵的重责。

也难怪妈妈着急，初三“元调”，对于初三的学生和家长来说，具有举足轻重的作用。但凡上初中的学生和家长，我想只要提及初三“元调”，大抵会惴惴不安。

所谓“元调”，原本只是初三上学期的期末考试，一般在元月举行，是由武汉市教科院统一命题，面对初三学生举行的第一次全市统考。统一考试时间，分区阅卷，所以被称之为元月调考，简称“元调”。它之所以具有如此大的威慑力，还应归功于武汉市各名高的“掐尖”生源争夺战。

中考，作为初中生毕业考试，其定位是初中生学业水平达标测试，以此来实现普高和职高的分流。顾名思义，中考的难度不宜太高，要照顾大多数学生的学业水平。显然，这样难度的考试不适合名高“掐尖”，而名高招生“掐尖”又是私下里必须开展的重要工作。于是乎，“元调”便水到渠成被“委以重任”了。

第一，“元调”是初中三年第一次市级组织的统一调考。据说初中三年市教育局仅在中考前组织两次市级层面的统考，除了“元调”，便是四月将组织的“四调”。而武汉市“高中志愿”填报是在5月初进行，较6月下旬的中考早一月有余，因此，“元调”、“四调”成绩理所当然就变成了考生报考高中的重要依据。

第二，我猜测其原本目的，一是为检测武汉市初中学校两年半教学水平和学生学业情况，给各中学、学生及学生家长自测提供一个有效参考值；二是给学校和学生一个警醒：中考快到了！面对4.5∶5.5比例的普高与职高的中考分流压力，大家绝不能掉以轻心。

第三，也是关键点，即天时。“元调”举办的时间距离“高中志愿”填报近4个月，中间还包含一个寒假。对于诸如华师一、武汉外校、省实验、二中等一众名高来说有充足的时间在

"高中志愿"填报之前做好招生宣传工作;对于学生和家长来说,既能充分利用寒假来思考和调整拟报考高中及班级方案,准备资料向名高充分推荐和展示自己,还能早点确定未来可能就读的学校和班级类型。对于特别优秀的学生来说,不仅可以早定早安心,还能从中考的备考中有所解脱,分一部分时间和精力提前准备高中课程学习。对于竞赛苗子,尤其是网招生,则完全不必再理会中考,相当于高中从初三下学期就开始了。而"四调"与5月初的志愿填报相隔实在太近,且武汉市分配生考试一般在4月下旬举行,从时间上看,其于名校"掐尖"的意义就远远输于"元调"了。

第一点提供了条件上的"可能",第二点给予了方法论上的"可用",第三点确定了时间上的"可行"。从以上三点不难看出,"元调"之所以成就名高"掐尖",是因为它刚好满足了名高"掐尖"所必须具备的一定难度的统考成绩依据和足够时长的操作空间两大要素,可谓尽得"天时"、"地利",具有历史的必然。当然,除此之外,还需要"人和"。这里面涉及四个(实则是三个)方面的人物关系:

作为中学教育质量主管部门,肩负双重责任,一是九年制义务教育的质量,二是高考升学的压力。三年初中教育,总不能完全不做过程掌控。举办一两次调考是应该的,当然也不能举办太多。太多调考排名必定给学生们徒增学习恐慌,这就违背了九年制义务教育所强调的素质教育初衷。国家一再提倡给中小学生减负，市教育局自然不能反其道行之。但是，偌大一个省会城市，又身在湖北这个教育资源丰富的大省，所辖高中如果985、211等大学的升学率太差，实在难以说得过去。而要抓好高考升学率，优质生源的选拔与重点培育当然不可忽视。面对九年义务制教育，教育主管部门既不能作负面性引导，更不能违背相关教育法规，但至于调考实际上给名高制造了“掐尖”的机会，他们自然不会去深究。

作为教育生力军的名高，有着招收优质生源，提升各自竞争力的共同愿景与目标，自然就有了携手搭台，各凭本事，公平竞争的默契。

作为弱势的普通高中，虽心有不甘，但对于这等事情也是徒呼奈何，既找不到公开反对的依据，也无法逆转这一趋势。与其抱怨连连，还不如修炼内功，奋发图强。

作为家长、学生,只能懵懵懂懂,奋力向前冲。哪管“为何”,只管“要如何”。

于是乎，“元调”的江湖地位便就此奠定了。

首先，几乎武汉市所有有底气的高中都会在“元调”成绩出来后，以不同形式与各初中高分学生签约。而签约的优惠程度，除有竞赛成绩的少数学生外，基本只取决于“元调”的成绩，平时成绩和获奖情况仅作参考，几无作用。比如某些高中

的“A 约”、“B 约”，某些高中的免资生提前面试签约，资格生考试报名等，都取决于“元调”成绩。以某高中为例，每年除本校初中直升名额外，对其他初中生源投放 200 个左右的招生名额。这 200 个名额唯有通过“元调”成绩申请参加免资生和资格生测试，取得资格后才能报考该校。优惠力度最大的当数网招生，可以免中考。虽然每年四月底各学校会组织网招考试，但据说大多只是走走形式，基本凭借“元调”成绩和学科竞赛成绩就乾坤早定了，签约后，大多数学生就开始进入到高中课程的学习了。

其次，名高的好班，基本都是由“元调”成绩来排名确定，如若“元调”后没有签约好班，仅凭中考成绩想进入好班非常困难。以某些高中为例，如果没有凭借好的“元调”成绩拿到 A 约或 B 约或不同名称的好班约，想要仅凭中考成绩进入好班，需要在已签约学生按约录取后，再根据好班剩余名额由中考成绩排位录取。据说每年这些高中好班剩余名额都为数不多，录取分数特别高。

再次，某些名高虽然表示，“元调”成绩发挥失常的考生，可以通过“四调”来升约或者签约，但指标少之又少，各高中慎之又慎。而且依然会把“元调”成绩作为参考。

综上所述，“元调”的重要性不言而喻。

而就在那样一个关键时间窗口，我却骨折住院了。耽误一周的学习不说，还饱受疼痛的煎熬，尤其夜里更加加剧。好在我是没心没肺的，是否有后遗症，是否影响考试，都被疼痛掩盖了。再加上看着爸妈焦虑疲惫的身影，我告诉自己，此刻唯有我的乐观、坚强才能宽慰或者缓解他们的忧心。入院以来，即便疼得夜不能寐，我都不曾叫过一声，就连医生都觉得不可思议。也许正是这突如其来的变故和时刻相随无法忽略的疼痛感，取代了考试的恐慌，让我的身心从“压力山大”的备战中得以释放，让我的心灵进入了另一个境界。多了一份坚强，也多了一份笃定。

这也许就是此刻刚刚参加完如此重要的考试之后，我还能如此淡定的原因吧。考得如何？我不想去思考，我已经尽力了。既没有超常发挥,也没有什么大的失误。不是故作深沉,也不是想借机逃避,真的觉得很释然、很惬意。

这种释然与惬意，不仅仅是因为这场突如其来的瑞雪，还来自于爸爸妈妈。从我很小有记忆开始，爸妈都是忙忙碌碌，整天围着事业打拼，照顾我的事基本落到外公外婆身上。虽然爸妈都很疼爱我，尽量抽时间陪伴我，但这毕竟只是他们生活的小部分。后来随着我进入初中，学业增多，也沦为小忙人一个，大家能凑在一起玩乐的时间就更少了。妈妈偶尔还会在她闲暇的周末，百无聊赖、楚楚可怜地凑到埋头赶作业的我面前哀求，“宝贝儿，陪妈妈玩会儿吧。”大多数时候我都会停下笔,跟她厮混亲昵一小会儿。每每那时，

我都会故作老到地揶揄她，“哎，天下哪有你这样的妈妈呢，别的妈妈都是怎样督促孩子学习，你倒好，老是叫我不学习陪你玩，就不能懂点事儿。”这次一住院，爸妈慌神了。以前整天都加班加点的他们，居然都跟单位请好假，每天除轮流去单位处理必要的工作外，大多数时间都留在医院照顾我。生怕我受半点委屈，坚持不请护工，什么都亲力亲为。实在忙不过来，舅妈外婆就轮替帮忙。也难怪，从小到大我连感冒发烧都很少的，他们哪有过应对这种场景的经验，不手足无措才怪呢。整天跟他们腻在一块儿，我心里像灌了蜜似的，享受着呢。哪还管它什么考试，什么手术？有什么比爸爸妈妈这样的宠溺更重要更幸福的？偶尔，我脑子里居然还闪过没天理的念头，“耶，摔得还不错哦！”

Empire of Angels 的音乐很好听，病房玻璃窗外原本的下雪天唯美风景画，随着夜幕的降临，被白墙白床白棉被和倚靠在白床白棉被里怡然自得敲打键盘的我的画面取代。当然，画中还有那个坐在床边椅子上头枕着床沿呼呼大睡的爸爸，时不时还发出阵阵“轰鸣声”，与乐曲声交织在一起，别有番韵味。

我与玻璃窗上的那一个我，心领神会地相视一笑，“元调”成绩会理想的，下周的手术也会成功的。

只是可惜了我那坚持了多年的舞蹈……

小雨感言：祸兮，福之所倚。既然发生了，不如坦然对之。

2016年2月1日 星期一

出院回家

终于在晚饭前夕回到了久违的家。

这大概是我长这么大以来第一次离家这么久。以前爸爸妈妈带我出去旅游最长也不过十来天光景，而这次从1月14日摔跤住院，离家已有十七八天了。

坐着轮椅进到客厅那一刹那，一种久违的家的温暖立刻包裹了我。迎面而来的是外婆无比夸张灿烂的笑脸和高八度的音调：

“欢迎宝贝儿回家！”

然后就是热情洋溢的大大的拥抱和吻，跟孩童时的记忆无二，外婆仍像是在逗一个两三岁的小孩儿一般。也许在外婆眼里，我永远都是一个长不大的小屁孩儿。外婆的这些举动尽管跟我的身形已然违和，但我依然很享受这种浮夸的爱的表达。

与外婆“礼毕”，便闻到了一股浓浓的饭菜香味。抬头一看，餐桌上早已摆满各式平素里我最喜欢吃的菜，有糖醋排骨、财鱼汤、爆炒猪肝等等，厨房里的抽油烟机还在紧张工作着，依稀传来锅里

油煎着菜的嗞嗞响声。这些诱人的香味迅即勾起了我的馋虫，肚子以饥肠辘辘状给予回应。可别怪我嘴馋，毕竟在医院里吃了那么久的盒饭。尽管也是外婆精心烹饪，但毕竟是打包带去的，在饭盒里憋闷久了就失去原有的味道了。更何况其间还有那么多的禁忌，这个不能吃那个不能吃，这个佐料不能放那个佐料不能放的，哪能体现外婆的高超厨艺？以至于我每天都觉得好像饱了，但又好像没吃似的。现在终于能坐在餐桌旁吃外婆刚做出来的热气腾腾的饭菜了。

外婆继续转身去厨房忙碌，换好拖鞋的爸妈开始帮助我脱去外套，简单整理洗漱。这时我才发现原来家里的温度非常适宜，约摸二十来度，丝毫没有冬日里的寒冷，也不像医院病房里那般燥热。客厅台阶旁石柱上的那盆紫色蝴蝶兰开得格外娇艳喜庆。每年春节前妈妈总要买上一盆放在家里增添新年的气氛。它的花期特别长，基本一个寒假都不会凋谢。在这些年过年不能燃放烟花爆竹的规制下，幸得有它和春晚、春联，不然春节的气氛就更为清减了。

吃过晚饭，妈妈帮我洗头洗澡，更换了干净的衣服。平日里极其平常的一件小事，在这特殊时期，变成了非常浩大费时的工程。把妈妈累得够呛，我也感觉有些疲倦困顿。本打算舒服地躺在床上小憩一会儿，但刚一躺下，便被一阵棉质被单的香气吸引。忍不住闭上眼睛，深吸一口气，终于没了医院消毒水的气味了。说实在的，我很不喜欢那种气味。我也不知道自己究竟是不喜欢消毒水的气味本身，还是不喜欢消毒水所代表的整日里充斥着疾病、痛苦的医院那个特定场所。妈妈曾经批驳过我的这一观点，说医院也不完全代表着痛苦和疾病，还代表着希望和欢乐。我们大多数人不都是在医院出生的吗？她至今都还津津乐道当年她在省妇幼保健医院生我时的场景。每每这时，她的脸上都洋溢着无比的幸福和惬意。也许是因为出生的事儿在我的记忆里压根儿没有任何痕迹，而记忆里每每去医院时自已所感受和所看到的都是不好的罢，明知道妈妈说的有道理，依然还是没能改变我对医院的成见。我甚至在想，即便是去医院迎接新生命的到来，那过程也该是煎熬和痛苦的。生孩子对于母亲而言难道不也是一次历劫吗？

兴许这次真的是久违了家的缘故，回家后感觉特别开心和安心，甚至对这些平日里熟悉得不能再熟悉的场景和味道，都觉得特别的迷恋和新奇。回想这些天在医院的种种际遇，睡意全消。急呼爸爸把笔记本电脑和小木桌拿来。以至于正在客厅整理从医院搬回来的东西的爸爸晚应了点，我竟操着蹩脚的台湾腔急促地一呼再呼着。那嗲嗲的声音迫使着爸爸放下手中的东西，慌忙寻来我要的物件儿，祈求我停止呼叫。因为他实在受不了这个调调，搞得他鸡皮疙瘩掉了一地。哎，我那可怜的爸爸，常被我这个“小棉袄”折磨得够呛。

要说这些日子的经历，有好几个场景应该是很难忘却的。首当其冲的该数那几日冒雪赶考的场景。其中最为唯美的是21日下午，当时大约下午一点半，我们在与学校仅一条马路之隔的丰颐酒店钟点房午休后，就赶去学校参加下午的考试。当时外面下着很大的雪，

用鹅毛大雪来形容一点也不夸张。这在武汉的冬天是极罕见的。在酒店大堂，妈妈把我用围巾和羽绒服包裹得严严实实，还在腿上搭着厚厚的毯子。受伤的左脚因为用一个医用硬质塑形工具简单固定着，无法穿袜子和鞋，妈妈用毛巾裹了两层以保暖。一切整理妥当后，爸爸推着轮椅，我们一行三人便开始向考场出发。当酒店自动玻璃门打开的一刹那，一阵刺骨的寒风迎面扑来，走在前面的妈妈，迎着风很艰难地打开了伞。瘦弱的她感觉快要被风吹跑似的，在风中摇晃了几下，才基本站稳。然后回过头来，站在轮椅旁，用伞挡住了我上方的雪，并步履趔趄地扶着轮椅向马路对面走去。马路上除了一个个跟我年龄相仿的同学在向校门口方向聚集外，路上的行人和车辆都特别少。因为初三“元调”，其他年级都停课，校门口的学生也较平日里少了许多。也许正是因为行人稀少，放眼望去，雪白的房子、雪白的树、雪白的大地所构成的雪白的世界才那么唯美。

不一会儿，我们便来到了校门口。远远地就听见几个同学打雪仗嬉笑追逐的声音和着老师急切的“小心摔跤，快去教室候考”的关切的声音，成了这个冰雪世界最为优美的乐章。吹着刺骨的寒风，看着被白雪包裹装扮着的校园，既熟悉，又新奇。刚刚在房间里还觉着有些头昏脑涨的我，此刻变得格外的清醒和愉悦。雪就那么和着北风不管不顾地肆意飘洒着。几个熟悉的同学跑过来跟我热切地打着招呼，他们的头上、眼睫毛上都挂着雪片，眼睛被密集的雪花砸得有些睁不开，手和脸也都冻得通红通红的。但身形却是那般的轻巧和灵动，刚跟我打完招呼，就一溜烟儿跑远了。放眼望去，除极个别神情凝重、有些老态龙钟般的少年老成的同学外，大家都是那样的雀跃和开心，注意力完全被这场罕见的大雪所吸引，全然忘却了考试的烦忧。不得不说，这场雪下得还真是及时，大大冲淡了大考紧张的氛围。我被妈妈的伞遮挡和庇护着，虽然也有一些调皮的雪花想方设法地找空隙扑将过来，亲吻我的脸颊，但毕竟不像同学们那般完全置身于风雪中，与雪花交织在一起那么畅快淋漓！我恨不能下地跟同学们一起嬉笑追逐、与风雪共舞！

突然，我头顶的天空变得敞亮起来，雪花洒向我的脸颊。我侧身仰头透过毛茸茸的白色羽绒服帽檐发现：走在轮椅右侧的妈妈正醉情于冰雪的世界。她似乎也被这风雪营造的唯美世界和同学们的快乐灵动所感染，左手撑着伞，右手伸向空中试图用掌心接住雪花。她下巴微微抬起，头仰望向大空，任凭雪花轻抚她的脸颊，脸上挂着一抹淡淡的笑。笑容是那般的纯粹和甜美，直击我的心田。好久没看到妈妈这样发自内心的、会心地笑了。真的好美！可怜的妈妈，原本是一个恬静唯美的人，因为生活的奔波和工作的压力，脸上挂着的常常是职业微笑。这样纯真的笑，即便是我也是很少见的。更何况最近因为我受伤的缘故，她憔悴不少。可此刻的她，愁容和疲惫被风雪一扫而光，透露出浓浓的少女般的气息。相比雪景的美，我更钟情于风雪中妈妈的美，真的好想好想把这一刻化作永恒……

我不由得暗暗感谢这场风雪。

可惜，最后还是被那个不解风情的爸爸一句“好好打伞，雪飘了宝贝儿一身”给打断了。

除冒着大雪赶考给我印象特别深刻外，其次就要数手术那日了。2 月 25 日，是一个特别特殊的日子。既是官方发布“元调”成绩的日子，也是我脚踝固定手术的日子。因为手术约定时间比较早，我被安排为那天上午主治医生汪国栋叔叔的第一台手术。手术时间为早上 8:00，头一天护士阿姨就告诉我早晨 7:30 来房间接我去手术室。原本料想要手术结束才能知道考试成绩，但不承想提前揭晓了。因为住院时间较久的缘故，医院的叔叔阿姨、哥哥姐姐们都很照顾我，特意嘱咐手术室晚点接我，所以差不多 7:50 才来接我。正当我被推出病房等电梯时，妈妈接到了舅舅的电话，虽然躺在手术专用接送的床上被被子包裹着，听不到舅舅说话的内容，但直觉告诉我这个时候打电话来，肯定是告诉我们考试成绩的。我忍不住想立起身来，但被护士阿姨按住了肩，示意我不要动弹，并推着我进了电梯。我只好目不转睛地观察妈妈的神色，竖着耳朵听妈妈的应答。看妈妈的表情先是很紧张，随即变得兴奋起来，追问舅舅道，“真的吗？”没等舅舅回答，我们便进了电梯，没了信号。妈妈“喂喂”了两声后，挂断了电话，俯下身来开心地亲了我一下，然后在我耳边轻声说道，“宝贝儿，祝贺你！考得不错，472 分（满分 520 分），全校第 3 名。”

我抑制不住内心的喜悦，作出跟妈妈同样的反应，“真的吗？”

“真的！”妈妈开心地看向爸爸。

爸爸因为站位比较靠里，碍于在电梯里不好大声喧哗，眼神充满了急切和疑惑。很快电梯就到了手术楼层，我一被推出电梯，爸爸便闪身到妈妈身边问询。妈妈一边跟着手术床快速奔向手术室入口处，一边告诉了爸爸这个好消息。爸爸瞬间笑容绽放，满是赞许地目送着我进入了手术等候区，全然没有了平日里人前的持重。这时，只听妈妈的电话铃声再次响起，估计是舅舅追打过来的。妈妈顾不得接听，在手术室门即将关闭的刹那，快速给了我一个飞吻。那一瞬间，我看到面带微笑的爸爸妈妈眼中噙着泪花。

紧闭的大门把我和爸妈隔断在了两个全然不同的区间里。我被硬生生地推进了一个非常陌生的房间。白色房间里，躺着一排排等候手术的人，有老有少、有男有女，我可能是其中年龄最小的一个。大家都统一戴着蓝色一次性消毒帽、裹着蓝色医用被子。那一刹那，我心里不由闪过一丝恐慌。也许是护士阿姨看出了我的恐慌，很是温柔地问道，“怎么啦？刚才看你爸妈在门口那么开心，是有什么开心的事情吗？”

阿姨的问话瞬间把我拉回了考试成绩的喜悦中。我变得有些兴奋，开心地与护士阿姨攀谈开来。整个等候的过程和手术的过程都被这一兴奋和喜悦的情绪占据着，再也没有丝毫的恐惧。在等候区几乎没怎么停留，阿姨和姐姐们边和我聊天，边推着我走向一个长廊，拐了一两个弯，便来到一间手术室门前。里边的护士告诉我们等他们消完毒再进去。约摸几分钟的光景，手术室大门打开，我被

慢慢推进一个偌大的有些略显空荡的房间。里边的白炽无影灯，光线特别亮。与大门相对的那面墙应该是排窗户，被蓝色的窗帘遮挡着，另外两边靠着墙安放着白色柜子，柜子拐角延伸到大门两侧处。那些柜子好像上下吊柜般，中间有一层是敞开着的，上面摆放着些医疗用品，几位护士姐姐和男医生正在柜子旁边忙碌地配着药。我被推到了房间正中的一张手术床边，几位医生助理和护士姐姐合力把我抬到了那张手术床上。我背向窗户。床头与窗户间空地上，摆放着几个不知名的大型医疗器械，我的头的右侧床边也摆着个类似监控仪的东西。房间很空，基本上除了白色，就是少许蓝色点缀着。头顶上悬挂着 4 个不同大小的无影灯，每个灯盘里面又有几个小的圆形灯。

正当我打量周围环境的时候，几个医生和护士模样的人开始给我做术前准备，主任麻醉师张燕辉伯伯也在其中。他们给我右手静脉进行了点滴注射，侧身在脊背上注入麻药，插接导尿管，连接监控仪，消毒腿脚之后便给我上身盖上了白色被子，并用一个蓝色、类似笼罩的东西把我的视线遮挡起来。在我的要求下，助理把我的头露在了外面。至今我都还清晰地记得针头扎入脊背时的瞬间刺痛和消毒液涂抹在腿脚上凉丝丝的感觉。张伯伯在给我背部注射麻醉药前一边微笑着问我“害不害怕”,一边帮我按压和放松了一下脊背。注射时还不停地安慰我“不要害怕，马上就好”、“刚开始有一点疼，一下就不疼了”之类的，叫我觉得特别的安心。

手术室里的医生和护士们有条不紊地忙碌着，其中有位年长点的护士阿姨在不停地给一名实习护士耐心讲解着。这时，我似乎听到了熟悉的主治医生汪国栋叔叔批评一位年轻的貌似实习护士的声音。原来，她在给汪叔叔穿无菌手术服时不小心让衣服碰到了什么地方，汪叔叔要她脱下来重新换一件。一旁护士长模样的医生，赶紧上前跟那位护士姐姐说明原因，并要她以后注意点。原来，做一台无菌手术的要求是如此严苛，我不由得深深折服，也更加敬佩汪叔叔的一丝不苟。关系到人的生命安全，确实任何一个微小的细节都马虎不得，我在心里为汪叔叔点了一个大大的赞！内心也更觉安稳了。

后来的事，我隐约记得先是用针扎我的腿，看是否有疼痛感，再后来就开始手术了。手术过程中室内一直很安静，除了器械碰触的声音和医生偶尔要手术工具的声音外，几乎只能听到人的呼吸声。我不知不觉睡了过去。直到手术室内出现了比较轻松的聊天声，我才醒来。旁边的一位助理哥哥笑着告诉我，“在缝针了，马上就结束了。”我微闭着眼睛努力地想要感受他们是如何缝针的，但只是徒劳，没有任何知觉。没过多久，那位哥哥就拍了我两下。我一睁开眼，他就告诉我手术结束了，马上送我回病房。

出了手术室，便看到了守在门口的爸爸妈妈焦急的面庞。看到我的笑容，他们虽然有所释然，但依然一副无比怜惜的样子。随着他们回到病房，我的神奇的“手术之旅”便告一段落了。接下来几天，

并不轻松，可以用“囧况”来形容。每天打不完的点滴，时不时锥心的疼痛，还有我那可怜的寡淡寡淡的胃和躺酥了的骨头，总之浑身是哪儿都不舒服。但这一切似乎都影响不了我的好心情，有爸妈的宠溺，我嘴里虽然哼唧着撒着娇，心里其实美着呢。真是个没心没肺的主！

其实，住院这些日子，印刻在我脑海里的事情还很多。比如，住院头一晚，妈妈不顾爸爸反对，坚持留在病房陪护。瘦小的她，蜷缩在病床的一侧，紧挨着床上的护栏，生怕挤压我。疼痛几乎令我彻夜未眠，因为怕她担心，影响她休息，我始终忍着一声不吭。偶尔实在疼痛难忍，稍微挪动一下身子或腿脚，她便会立刻关切地询问，“疼吗，宝贝儿？”

我便会立刻轻声作答，“不疼，妈妈，您安心睡。”

其实我清楚地知道，她因为心疼和担心也几乎一夜未眠。一整夜，我们俩都彼此相互宽慰着对方。就是在那一夜，我第一次发现妈妈原来是如此的弱小，不堪一击。在我的印象里，她总是那般有主见、干练和坚强，似乎只要有妈妈在，没有什么遮蔽不了的风和雨。也是在那一夜，我第一次懂得了我的责任，是时候要学着疼爱和呵护妈妈了。

又比如，刚入院时，因为事出突然，医院骨科仅剩一个 9 楼三人男病房床位，无奈只好入住。没想到两位伯伯和他们陪护的家属们都特别好，我们就像相亲相爱的家人般相互关心、相互照拂。当他们得知我马上要进行“元调”考试时，为不影响我休息和学习，他们几乎全天都不开电视，要么选择发呆、看手机，要么出去转悠，对我总是嘘寒问暖，关怀备至。以至于后来（三天后我搬到8楼单人病房）我在“元调”考试结束回医院后的第一件事，就是要妈妈送我去9楼看望他们，只可惜到那里之后才知道他们都已经出院了。记得当时我还因为没能当面跟他们告别和说声谢谢，伤心地哭了。那是我入院第一次哭鼻子，也是唯一一次。

还比如，在我入院第二天中午，住在千里之外的姨妈风尘仆仆地赶到医院探视我之后，都没时间坐下好好吃顿午餐，便又匆匆返程回去工作了；主治医生汪叔叔得知我马上要大考，和护士长想方设法以最快的速度帮我协调了一间单人病房以方便我备考；医生和护士姐姐们，每每查房或打针都是轻言细语，时不时还会问询我的学习，给我加油鼓劲；班主任春哥买来鲜花和水果，带着各科老师到病房探视我，英语孙老师和化学陈老师在考前还专程到病房来给我答疑……

这一幕一幕的回忆，都是那样的美好而清晰。

我一定要把这些感怀的瞬间久久地留藏在心里，伴我快乐成长。

小雨感言：不管幸与不幸，任何一次经历，都是人生的财富，都可以成为美好的回忆。

2016 年 4 月 23 日 星期六

传说中的外高签约

随着上午的资格生考试结束，外高签约的全部流程算是告一段落了。从元月 25 日“元调”成绩公布到今天，几乎延续了 3 个月才最终尘埃落定，而其间最辛苦的该数妈妈了。

除个别学校外，往年名高签约工作通常都会在寒假期间启动，今年寒假却几乎没有动静。虽说迟迟没有消息，相对有些煎熬，但对于妈妈来说，却拥有了一个不错的收集资讯和学习筹谋的时间。她一个寒假都没闲着。除了照顾我之外，整日整夜不是泡在家长 100 网站平台和武汉外校、华师一家长 QQ 群里，寻找各种有意向名高往年签约的条件、流程、技巧，获取经验帖，就是跟她的同学和同事交流取经。不厌其烦，真不愧为一个研究型的妈妈。

我的意向其实一直非常明确，就是报考外高。之所以会对武汉外校这么情有独钟，这还得从小学六年级那个寒假说起。

记得那年正月的一天，记不清是爸爸妈妈与邻居胡叔叔聚会回来，还是外出在楼下碰到时进行的交流（时间太久远，记忆有些模糊，当然这也不是重点），总之妈妈回来后便告诉我，开学后我们要去报培训班冲刺武汉外初。还给我介绍了胡叔叔的孩子在那里学习的感受。宽松、自由、民主，英语教学优势明显，文体社团活动特别丰富，是一个难得的不以考试为教学目标，尊重学生，注重发展学生特长的学校。其实那时的我似懂非懂，但作业不多，老师亲和，同学多才多艺，武汉市大多数成绩好的学生都想报考却给我留下了很好的初印象。

于是，开学后的每个周末，我便被妈妈送去了对口的培优机构，学习不到两月便参加了外初的统一测试。我至今都还记得那个盛大的场面，唯有用蔚为壮观才能形容。校园内外到处都挤满了车和人，人声鼎沸。妈妈牵着我好不容易才顺着人流挤到了考生入口处。我记得那天阳光明媚，在那春夏之交的季节，本是武汉最为舒适的天气，但不知道究竟是人太多还是太阳太大，记得我到考场时衣服都汗湿了。亏得听从胡叔叔的建议，我们在考试前一晚就住到了学校附近的酒店，否则，就那种情况，没几个小时根本不可能到达考场。后来我妈妈还引用了宋丹丹小品里的经典台词“锣鼓喧天，彩旗翻飞”来向外婆描述当时的盛况。这也充分印证了胡叔叔说的“大家都想去但很难考上”的观点，使我对外校又平添了几分憧憬。听说那年 5000 多考生报考，只录取了 320 人。

在考试成绩下来前，妈妈已经开始懊恼，后悔没有早为我小升

初做打算。要不是胡叔叔提醒，她都不知道升名初还要参加专门校考，以为凭借小学毕业考试成绩就可以申请的。以至于小学六年级的那个寒假，爸妈一放假，便带我和外婆去深圳、香港、澳门玩了十来天，直到大年三十才回家，一个假期都基本没学习。这就是我爸妈，小学时候对我学习过问得很少，两个人几乎都把时间和精力放在工作和事业上。记得那年我上小学都是外公和舅舅做的主，直到上了近一个月的课后他们才得知。

这都不算什么，记得小学三年级时，有一次妈妈接到班主任马老师电话，要她到学校去一趟。那天中午妈妈还专程赶到外婆家，询问我是不是在学校犯错了，要不然班主任为什么会叫她去学校？当时我被问得一头雾水。看我乖乖的样子，妈妈也觉得不可能。带着疑惑，妈妈下午应约去了马老师的办公室。原来是马老师从小学一年级开始便教我，却从没见过爸妈。他们既没去学校接送过我，也没参加过一次家长会，更没在作业本上签过字。之前老师们一直以为我是爸妈在外地工作，跟外公外婆生活的孩子，所以也没在意。谁知道，上午几个老师聊天，无意中才从别的班级老师那里知道我爸妈的工作单位，才知道原来我并不是留守儿童，所以便急切地把妈妈叫了去，对妈妈进行了批评教育。妈妈那次才知道，原来别人家的妈妈跟她完全不一样，整天扑在孩子学习上。回来后还对外公外婆感叹道，居然还有妈妈每学期专门自备一个笔记本做家长老师联系册，每天工工整整地记录孩子在家学习和完成作业情况，包括哪个字写了多少遍才写会、哪类算术题习惯算错，以及在家心情等等，每天老师也会回复在学校的表现情况。我原本担心妈妈会效仿，谁知道妈妈只是感叹了两天而已，并无任何改变。

你们可别误以为我爸妈不关心我的学习和成长，他们只是不关心我在学校的学习而已。他们认为学校老师比他们专业，学校的事用不着他们操心，他们要做的事是加强我第二课堂的学习。比如：我从 4 岁开始学绘画，5 岁开始学舞蹈，6 岁开始学钢琴，7 岁开始学游泳和羽毛球，10 岁开始学声乐，12 岁开始学高尔夫。除羽毛球仅学习不到两年主动放弃了之外，其他的一直都在坚持。每个寒暑假和周末别的同学是跑各种语数外培优机构，我呢整日里基本都是在做这些。不得不说，我爸妈的教育理念真是另类。记得以前我为了逃避练琴或者减少练琴的时长，故意磨洋工，边玩边写作业，以拉长做学校作业的时间。妈妈为了整治我，便宣布实行回家先练琴再做作业。我说不行，学校作业太多做不完，妈妈便说，那是你和老师的事，要我自己去跟老师协商解决。真拿她没办法，魔高一尺道高一丈。小小年纪的我自然不是妈妈的对手。

这么匆忙的小升初备考，结果不言而喻。那次我考分不高，勉强可以上。考成这样，妈妈自责了很久。接到学校通知后，她先是去付了学费报名，可等到暑期冷静下来反复权衡后，又改变了主意。因为外初校区在沌口，离家实在太远，以爸妈的工作性质，不可能有时间陪读，又不忍心刚失去外公的外婆独自一人跑那么远去陪读；

如果住校，又意味着不能每天练琴、练声乐，虽然我在小学五年级就以优秀过了钢琴十级，但如果长期不练习，肯定就荒废了。于是乎，妈妈在开学前一天，临时改变决定，上对口学校武大外初，并鼓励我立志考外高。

没去成外初，我虽然有些小小遗憾，但并不强烈，也不持久，很快就被新学校新生活吸引了去，甚至连外高梦都开始逐渐淡忘。直到去年寒假，在外高上学的寒寒姐姐被保送清华这个重磅好消息传来，那个小小的火种才又开始熊熊燃烧。在成功保送的好消息传来后，寒寒姐姐和孙阿姨还专门跟我们分享了许多在外高学习的心得和体会，她对外高生活那溢于言表的幸福和自豪感深深地触动了我。那是怎样的一所学校？竟然具有那般魔力？那一刻我对外高强烈的好奇感驱使我有了一定要去一探究竟的愿望和决心。

也许正是我对外高的情有独钟吧，这期间妈妈才会如此紧张。原本以我的“元调”成绩排位签任何名高好约都应该不成问题，但对于外高来说却不尽然。外高的签约，不像华师一和省实验，基本只看“元调”成绩。“元调”成绩对于外高只能算是拥有参加免资生和资格生考试的敲门砖，还要进行专门的校考，具有很大的不确定性。而且，其开始签约的时间每年相对于其他学校都要晚，这对我们在心理上也是一大考验。因此，尽管我目标明确，可妈妈为防万一，开学后还是去华师一和省实验都签了约，华师一是A约，省实验是创新班约，都是最好的约。

在今年春季开学后，妈妈拿着厚厚的一摞她在寒假精心准备的材料去了外校招生办公室，张老师非常热情地接待了她，并叫她回家听通知参加3月中下旬举行的免资生考试。据说今年只要“元调”465分（部分区只要460分）以上的都可以报名参加，后来听说又降到460分考核了一批。按照校方要求，爸妈推着轮椅把我送去参加了第一批免资生提前笔试和面试。

考试分为三个环节，无领导小组讨论、笔试和面试，考生分成两大组轮换进行。面试主要考核英语口语，全英文面试，几位英语老师同时评审，考生分为几人一小组同时进去，先简单自我介绍后，老师提问题我们回答，回答顺序自主选择。我们那组问题是你最近读过什么印象深刻的书？并简单分享读后感。面试应该说不难，但需要提前学习面试技巧。我因为英语一直不错，妈妈就忽略了了解相关信息给我进行培训，后来面试分数不高。总结原因才知道，原来回答问题要积极踊跃，尽量靠前一点回答，而且要尽量多说。我因为不知道这一点，我们这组前面回答问题的同学都说得比较少，我以为就应该言简意赅，所以说得也比较少。后来听说我们那一组的得分都偏低。笔试考的是数学物理，数学特别难，是竞赛类的题，除极个别学过竞赛的种子选手，大多都如我一样，基本不会做。后来才知道，这是在为竞赛班选拔学生。

考试后不久，妈妈便被通知到外校招办开开心心地签了我们目标班级超常班的约，只需要4月23号去参加资格生考试表忠心就可

以了。但事情并没有就此告终，在此期间，妈妈接到了以数学竞赛培训闻名的国子学的招生宣讲会电话，妈妈因为在免资生考试中，看到了学习数学竞赛的重要性，便去了。回来后热血沸腾，马上动员我报名学习。我一听反正是用 80 学时，也就是 20 次课（每次课 4 小时）上完高中全部数学内容，就积极响应了。我挺喜欢数学的，对于数学竞赛我也一直兴趣浓厚，要不是以前妈妈不主张我搞竞赛，我早搞了。当然妈妈说得也对，舞蹈、钢琴、声乐、绘画等都是童子功，不趁小时候认真学习，便错过了最佳学习时机了，长大后想要学好便难了。而数学竞赛却除非是你有特定的相关专业意向，学与不学并没关系。而我对数学竞赛的兴趣，也仅限于喜欢它的运算逻辑推理本身，不在于想通过它去研习高精尖的学科专业。在国子学培优期间，妈妈遇到了几个已经签约外高竞赛班的学生家长，通过跟他们深入沟通和了解，妈妈对于竞赛班表现出了浓厚兴趣。在各位妈妈的指导下，她又多次到外高招办老师那里去争取从超常班改签了竞赛班。也许是外高招办老师看到我已经在学竞赛的缘故，让她看到了我学竞赛的信心和决心，便口头上同意了。记得那些天，妈妈格外的开心，感觉帮我争取到了最好的学习资源和平台，还要求我眼光放长远，以高考为转移，不要过多纠结于中考。

妈妈这么高兴是难免的，据说免资生拿到具体班级签约的非常少，更何况还是传说中外高最好的约，大多数都是在资格生考试中决定乾坤。也就是说，“元调”成绩比较高的通过考核拿到免资生资格的同学，要在资格生考试中同没有签班约的外初学生一起排名 PK 竞赛班、超常班、理科实验班等好班，而其他的同学只能通过考试决定是否拿到资格生的资格。而这一天的资格生考试，华师一、省实验、二中等几乎武汉市的名高都在进行分配生考试，但凡要报考这些学校，并想要享受优惠政策的学生都要到各自已经确定好的目标学校去参加考试，江湖戏称“表忠心”。也就是说，我选择了今天到外高参加考试，就意味着之前签的华师一和省实验的约自动作废。

一言以蔽之，在今天到来的前一刻，不管你多么摇摆不定，都必须做出终选。所以，即便我比较幸运早就得到了自己理想高中的班约，但依然只有像今天这样走完全部流程，才算真正落定下来。

回想“元调”以来签约的种种，虽然妈妈做了很多研究工作，其实经历之后才发现，很多事情其实做不做都一样，包括简历，包括各种“牛蛙”包装说辞，各个学校最看重的标准其实只有一条，那就是“元调”成绩。

想到即将全面开启的外高学习之旅，心中不由得小小激动。

小雨感言：有梦想就应该勇往直前，也许梦想并没有传说中那般难以实现。

2016 年 5 月 3 日、星期二

初窥问卷调查的奥妙

作为一名初中生，从孩提时对学习成长的懵懂无知逐步过渡到慢慢有自我认知：我为什么要学习？我要成为什么样的人？为了成为心目中的那个自己，我应该如何做？尤其是自从进入初三后，面对初升高的压力，父母调整了我的学习方案，把我喜欢的声乐课、绘画课、舞蹈课等课程逐一停掉了，取而代之的是数理化培优。在 3 月底外高签约尘埃落定之后，我的学习目标又相应地从中考转向了高考，每周末基本都被高中数学培优占据，为数学竞赛作准备。也许是学习强度的增强吧，我内心更为困惑与彷徨了。

记得在 4 月初的一个夜晚，难以平静的我终于忍不住与妈妈进行了关于学习、成长、人生的长谈。这是我第一次像大人那样以近似成熟的方式和妈妈谈心。尽管父母很爱我，也很民主，但这毕竟是我第一次对现有学习生活表现出质疑，所以刚开始的时候还有些怯懦，甚至说话的声音都有些颤抖，心跳的声音几乎盖过了我说话的声音。而坐在书桌对面的妈妈，尽量克制自己佯装平静，堆着淡淡笑容的脸颊透露出一丝不安。妈妈的表情令我不由得加快了语速，心跳也随之加速，因为我实在不忍心让如此爱我和我爱的妈妈为自己牵动心弦。

谈话约摸进行到两三分钟时，她终于明白了我的迷茫，从她释然的表情和坐姿一目了然。她的面部表情由礼节性的微笑转为会心的笑容，原本略为前倾、挺直的腰身也松懈下来，舒适地偎依在了椅背上。见此状，我那忐忑不安的心才渐渐平复，声音也变得自信起来，一股脑儿地把我对人生的思考、对学习成长中的困惑和对现在学习生活方式的不解都说了出来。不仅谈已，还谈及我眼中周遭同学的感受和社会对人才的要求等。究竟说了多久，我没留意，我只知道我越说越兴奋，妈妈也听得津津有味，兴趣盎然。

以至于到后来,在我结束“演说”的一刹那,妈妈都没反应过来，似乎还在等待我的精彩言论。在我的示意下，妈妈才意识到我讲完了。抑制不住内心喜悦的她倏地站起身来，俯身越过书桌，捧住我的脸，开心地左右轮番亲吻我的脸颊，似许久不曾见面似的，眼中满满都是爱。亲罢，她回坐到椅子上，长舒一口气，徐徐感叹道：

“我的宝贝长大了，有思想了，妈妈真的很开心！”

继而用似调侃而非调侃的外交口吻说道：“你刚刚说的确实是一个非常宏大的社会命题。关于当今中小学生成人成才问题，不仅是你成长中的烦恼，也是爸爸妈妈养育你过程中的烦恼，估计也是

当今教育部长的烦恼。一边是中高考，一边是素质教育，人才选拔的公平性和人才培养的科学性着实令人两难。究竟该如何协调，妈妈也不知道。不过……”

妈妈故作停顿，看了我一眼说，“也许你可以找到答案。”

“我？”我觉得不可思议地笑看着妈妈的眼睛。

“是的，也许你真的可以，想不想试试？”看得出来，妈妈很认真，丝毫没有戏谑之意。

“想！”我斩钉截铁道。“妈妈快告诉我方法！”

“你听说过社会调查吗？”妈妈见我点头，接着说道，“这个问题不是个案的问题，我们要解决这个问题，就得去进行实证研究。你是中学生，我们就从了解中学生们的实际学习生活现状着手，结合中国的国情和人才需求的类型和共性，在数据分析中来找到我们的真实问题、困惑和解决问题的方法。”

“那我该怎么做呢？”我似懂非懂，非常努力地想要跟上妈妈的节奏。

“既简单，又不简单。第一步，你要先学会进行文献综述，从现有政界、学界对中小学素质教育的观点进行文献综述，与你的所思所想结合，对素质教育有一个既感性又理性的初步认识；第二步，你要学习并尝试设计一份调查问卷；第三步，你要学习并确定问卷调查样本点的抽样方法和范围，并开始实施调查；第四步，就是样本统计，形成数据；第五步，就是分析数据，找到解决问题的路径和方法。最后就是形成调查报告，或学术论文，或建议报告。”

虽然心里有些纳闷，既然这么简单，为什么还是个没有破解的难题呢？但妈妈说的社会调查确实吸引了我，这是我从不曾想过我可以去尝试做的事情。好奇心战胜了我的疑虑，在妈妈刚说出那句“不过做起来可不像我说的那么容易，你真的愿意尝试吗”时，我就急不可耐地应答道：“愿意！”

还生怕妈妈反悔似的，我又补充道：“妈妈，您真的想让我去做社会调查？现在就做，还是以后再做？”

“既然这个问题已经困扰了你，那我们就必须马上着手解决，否则对你的学习负面影响更大，牺牲这点备考复习时间是值得的。妈妈相信你能够做好二者之间的平衡！再说，还有妈妈这个帮手呢。这样，为了减轻你的负担，从今天起，你做 Teem 队长，我做队员，你的小助理。”

“Oh,yeah！”我不由得欢呼雀跃，“妈妈万岁！”

我飞快地用手转动着轮椅，绕过书桌环抱住妈妈的脖子，把妈妈拉住一阵猛亲后，把妈妈紧紧揽入怀中，可怜我那瘦弱的妈妈差点没被我突如其来的举动箍得背过气去，一口气没上来，呛得直咳嗽。我赶忙松开我的“魔爪”，用手帮助妈妈顺了顺气后抓着妈妈的手，脑电波快速工作，火花频现，“不如我们调查团队就叫 SQESS 吧？即 Student’s Quality Education Status Survey。

“Good idea！”我们非常有默契地同时伸出右手在空中猛击一

掌，响亮的掌声划过空气，久久停留在书房的上空，代表着我们这个亲子团队强劲的决心和信念！

说干就干！我们就着满腔热血，趁热打铁地进行了可行性分析、战队时间规划，进而制订了作战计划。为了慎重起见，避免半途而废，我们还协商签订了 SQESS TEEM 平等合作君子协议。作为战队主帅，我承诺每天晚上十点前保质保量完成当天所有作业与学习任务，22：00—23：00 开展专题调研筹备工作，23：20 准时睡觉。妈妈也承诺，除了出差和特别工作需要加班很晚，每晚必须在十点前完成所有的工作和家务，全身心履职助理工作，配合主帅推进工作。

正当我们激情飞扬、挥斥方遒时，门口探进了一个肥肥的大脑袋，好奇地窥探着我们。我和妈妈已然觉察，却无暇顾及。那个被漠视的大脑袋很是失落，无比寂寥的他忍不住发声了：

“你们干吗呢？这么开心，在密谋啥？”

伏在书桌前的我跟妈妈打住了讨论，看都没看那大脑袋一眼，坏坏地相视一笑，然后四目含笑地齐刷刷地射向他。刹那间，爸爸似乎意识到不妙，迅即欲掩门而去，可已经来不及了。说时迟那时快，妈妈敏捷地从椅子上跃起，双手抓住老爸，拖进了书房，并坏笑道：“我们缺个侍应生！”

我补充道：“即伙夫一名！”

妈妈继续说道：“我们将就一下，就你了。”

爸爸眉头紧蹙，嘟噜着嘴卖萌，妄图求我们开恩放过他。可无济于事，仅换来我一句安慰："也算团队成员哦。"

无奈妈妈更狠，我话音未落，她便进行了补充说明："编外人员！充其量算半个。"进而又换高八度音发号施令道："Waiter，请上两杯 water，37 度热，谢谢！"

"好嘞，两位美女请稍候，两杯凉白开，马上到！"

爸爸的误闯加盟，搞得我们更加乐开怀。于是乎，两个半成员的战队就这样正式成立了，战斗的序幕也在这片欢声笑语中拉开了。那一直困扰我多时的困惑与彷徨竟然也随之消失了，心里满满的都是破解素质教育难题的雄心和憧憬。

接下来的工作，比我想象中更艰难也更刺激。首先是查找文献，除了去网上查阅有关素质教育的内涵外延、国家相关政策文件要求外，我还学会了上知网、同方等论文数据平台查找文献；在这一环节，让我对素质教育由感性上升到了理性的认知，也对目前国家的希冀、专家的研究和素质的教育现状都有了初步的了解。因为时间的关系，虽不能海量阅读，但已基本形成我开展相关社会调查的基础知识储备。妈妈在文献综述上给予了我大量帮助，为了给我节约时间，大多数文献都是她查阅下载挑选后给我阅读，使我能在很短的时间内对素质教育有了一定的了解。

紧接着，我开始设计调查问卷，这也是本次中学生素质教育调查的关键环节。通过对调查对象的代表性和可行性（当然还有便捷性）分析，我们把调查对象锁定为我所就读的初中。鉴于那时已经

4 月份，离我们这届初三毕业离校不远，所以问卷必须在 5 月上旬完成，争取在 5 月中下旬完成调研，这样在暑假我就可以进一步进行问卷的统计与分析了。时间极其紧迫。妈妈给我找来一些问卷样本讲解学习之后，在整个问卷的设计过程中，我那亲爱的妈妈便变得超级呆萌，与之前侃侃而谈的社会调查六步论者相比，几乎判若两人。当我有些拿不准想要她指点的时候，她要么不断挠头，要么傻傻地看着我，不置可否；抑或是不断地追问我为什么要这样为什么要那样？好多时候都把我给问傻了，不得不重新调整思路。真的如同我的小跟班一样，不过妈妈呆萌呆萌的样子，倒也可爱。

经过近一个月的奋战，我的问卷设计已经有模有样了。虽然还有很多明显的 BUG 需要完善，但看着眼前的战果，已是欣喜不已。这比我之前玩过的任何一款游戏都要有趣得多，想着再过十来天就要印刷出来，拿去调查了，心中很是激动。尤其是在问卷的设计过程中，我时常会冒出一些关于如何构建中小学生素质教育体系的小灵感。每每与妈妈谈及，她都表示赞赏，也同时鼓励我在中考结束后通过问卷数据统计与分析，以及查找文献来进行求证。

此刻的我，特别期待中考后神奇的中小学生素质教育调查问卷分析与研究之旅！

小雨感言：只要你愿意尝试，就会发现世上原来有比网游更刺激、更有意思的事。

我帮叔叔减肥记

人在得意的时候，往往就是容易出差错的时候。妈妈常这么提醒我，但我似乎从未真正放在心上过。所以，不好的事情还是发生了。

原本通过两个多月的养护，我的左脚踝骨折的伤势已愈来愈好转。那些天，我常在课间把左脚触地，重温双腿站立的感觉。刚开始，左脚只敢平放，身体所有重量都放在右脚上。后来，慢慢地尝试着用点力量触地。即使力量一天一天加大，似乎也没任何疼痛感，我想我应该比医生预估的时间更快可以离开轮椅自己走路了。为此，那些天我特别开心。记得 4 月 6 日，出事前一晚，我还在妈妈面前得意地展示了一下我康复的成果。妈妈看后虽然跟我一样开心，但依然非常严肃地强调，越是快要康复时就越容易放松警惕，就越容易出事，并再三嘱咐我不能掉以轻心。

然而，妈妈的警示并没能避免悲剧的再次发生。

第二天下午上物理实验课时便出事了。

那天，我们班的物理课董老师因摔跤住院，由别的年级一位不认识的老师代课。老师在课堂上讲了不到十分钟，便要我们马上下楼到二楼实验室去做实验。几个同学推着我的轮椅便随着哄闹的人群走出去。

因为教学楼没有电梯，而我们初三年级的教室在四楼，所以，这学期我每天上学、放学基本都是爸爸和在学校里负责后勤安保的秦叔叔背我上下楼梯。偶尔爸爸和秦叔叔因为工作时间冲突不能背我的话，班上的化学老师陈老师、舅舅和妈妈的同事郝叔叔就会顶替他们背我。我们班主要任课老师，只有两位男老师，一位是年近六十、带完我们这届就要退休的特级数学老师，也就是我们的班主任——春哥，另一位就是年轻帅气的化学陈老师。虽然春哥也总自告奋勇地说可以背我，但他毕竟年近六十，妈妈和我始终拒绝他的好意，怎忍心他受这样的累。陈老师和班上一众老师也戏笑他，可别闪了他的“老腰”。他虽然不服气，也只好作罢。没办法，作为班上除春哥以外的唯一男老师，陈老师只能当此重任。原本我和妈妈对陈老师也持怀疑态度，毕竟陈老师瘦高瘦高的，一米八几的个头，体重据说不足 70 公斤，像个直立行走的“电线杆”似的，背上一点都不瘦弱的我，视觉上就很违和，给人极不安全的即视感。陈老师为了打消我们的顾虑，再三跟妈妈申明，“别看我瘦，我每天都坚持打两小时篮球，体能超好，背她上下楼就是小菜一碟，连气都不会喘一下。”舅舅嘛，本应成为主力军，但骨瘦如柴，体重仅与我相当的他，还时常患腰疾，所以只能沦为打酱油的主。班上男同学嘛，普遍都没我们女生高大壮实，体能好一点的吧，个头不高大，高大一点的吧，看起来也不像可以轻松背我上下楼的样子。再说，我们本身都是一帮小屁孩儿，不靠谱，万一脚滑又平添悲剧。所以，为了安全起见，春哥只是安排了我们班上一个从小受专业羽毛球训练的男同学帮我扛轮椅上下楼。爸爸、秦叔叔和郝叔叔，他们三人均壮实得很，体重估计都在 85 公斤以上，一看就堪当大任，绝对安全、可靠。于是乎，这几个月基本就是这 2+3（两个主“背”，三个替补）组成五人团队承担背我上下教学楼的差事。

话说那天，因为课中临时安排下楼上实验课，事出突然，电话呼叫爸爸或秦叔叔来背显然已来不及了。同学们只好推着我去年级办公室找舅舅或陈老师。可事有不巧，他们都不在。同学们都很着急，有几个个头高大些的男同学很热心地说背我下去。要男生背？我心里觉得怪怪的，不好意思，也怕不安全，那一刹那，我本能地拒绝了。我只是请他们帮我把轮椅搬下去，并自告奋勇地说要两个女同学搀扶着我，自己一级一级台阶地蹦下去。同学们都说太危险，不能这样做。但我自恃多年的舞蹈功底，协调能力强，坚持宁愿自己一只脚蹦跳着下楼梯，也绝不要男生背。因为时间紧迫，同学们拧不过我的执拗，只好扶着我任由我自己一级一级台阶地往下蹦。

我以前在家里也偶尔趁爸妈不留意时悄悄扶着墙下台阶，没觉得有多费事儿。但不承想学校的两层楼台阶实在是太多，时间又紧

迫，到后来体力越来越不济，而眼看着同学们又都走远，为了不耽误上实验课，我咬牙坚持着，尽量让自己不放慢脚步。下周就要进行物理实验课的毕业考试，这可是老师最后一次带着我们进行实操训练，至关重要。就在我心急如焚时，在四楼到三楼一级台阶下跳时，我的右脚扭了。幸好扶我的同学用劲支撑住了我，只是趔趄了几下，便稳住了。我顾不得疼，继续坚持蹦跳着下到二楼实验室上课。

晚自习时，我的脚疼痛厉害，脱下袜子发现红肿得吓人。想着妈妈前一晚的叮嘱，实在不好意思给她打电话，而舅舅整个下午和晚上都始终不见他的踪影。就这样熬到了下晚自习，原本以为爸爸会来接，就可以先让爸爸带我去医院看看，可不承想爸爸晚上加班，是妈妈来接的我。坐在妈妈车上，我一直在犹豫要不要跟妈妈说，好几次欲言又止。妈妈问我是不是有事情，我都没敢开口。直到回到家，妈妈帮我换鞋时发现了不对劲儿。我只好吞吞吐吐地坦白交代了一切，妈妈看着我红肿的右脚踝和脚背，一瞬间，眼泪哗哗地往外流。她一边批评我不听她的话照顾好自己，一边站起身来从包里拿出手机给爸爸打电话。爸爸闻讯飞速赶回家，驱车把我送去医院检查。在等待 X 光结果的过程中，妈妈的焦虑伤心令我愧疚不已，深深自责于自己这样冒失的行为。好在结果出来说是没有伤害到骨头，只需要不下地静养一个月即可，妈妈才松了一口气。

然而，事情远非我们想得那么简单，大概过了三周，在 4 月底趁我左脚复查之机，妈妈要主治医生张叔叔帮我看看扭伤的右脚踝。

张叔叔一看依然红肿不堪的右脚踝，试探性地触诊后，皱着眉批评妈妈为什么拖了这么久才来检查，并马上要我们去做核磁共振检查。妈妈很惊愕地说，“不是X光显示没骨折吗？”

张叔叔解释道，“严重的扭伤，即便没伤骨头，但跟腱、肌腱严重损伤，不好好养护，其后果不亚于骨折。”

检查结果下来，伤势跟张叔叔预料的一样严重，尽管已经静养了22天，核磁共振显示右脚踝组织损伤水肿、多处骨质挫伤以及多处韧带损伤水肿，还外加关节滑膜炎症、关节积液等问题，必须固定治疗三个月。这个宣判，就意味着原本很快我的左脚就可以慢慢下地进行康复训练，现在却因右脚受伤不能如期进行了。我又至少得在轮椅上再待上三个月。更要命的是，两只脚都不能着地，爸妈对于我日常起居的照料更是艰难。以前我的右脚还能帮帮忙，现在完全只能公主抱，即便背，也只能蹲下身，直接把我从轮椅或其他位置上悬空背起，难度可想而知，对于背我的人的体能考验极大。而我，因为已经太长时间只是坐或躺，也长胖十来斤，再加上本来就一米六五的个头，真是难上加难！

妈妈身形娇小，弱不禁风的，之前一只脚受伤的时候，还可以扶着我简单行走，照顾我上下轮椅或床。但现在双脚不能动，妈妈是一点办法都没有。所以，爸爸便成了当家“苦力”。因为在家太劳累的缘故，爸爸体力渐渐不支，基本无法再背我上下教学楼。于是，秦叔叔便成了重要“苦力”担当，郝叔叔、陈老师被叫来做替补的

次数也越来越多。

随着天气越来越热、我越来越沉，他们背得也越来越吃力。记得有一天下晚自习，秦叔叔背着我，下楼时脚直打颤，明显感觉不如从前那么稳健。妈妈在一旁似乎也感觉到秦叔叔背得有些吃力，急忙问，“是不是太重了？要不要休息一下？”秦叔叔赶忙调整呼吸，笑着说，“一点儿也不重，没问题，我可是军人出身，这不算什么！”我在他背后，虽然没看见，但也能感受到秦叔叔那一脸憨厚和淳朴的笑。每每看着他们汗流浃背的样子，真心歉疚不已。如果当时把妈妈的叮嘱放在心上，不逞强，也就不至于连累那么多的人受苦了。

一段时日过去，爸爸、秦叔叔的体重急剧下滑，就连郝叔叔也较之前瘦了。记得前些天，妈妈总喋喋不休地对他们说抱歉，让他们受累了，害得他们都消瘦了许多。结果，几位叔叔的回答惊人一致，“正好减肥，要感谢小雨帮我们减了肥！”当时趴在他们背上的我感动得眼泪在眼眶里直打转，为了不让人发现，强忍着不流出来。

小·雨感言：听长辈言，是生活的智慧；懂得感恩，是一种幸福！

2016 年 6 月 3 日 星期五

中考在即，高考已经不远了

离中考仅剩下 16 天了。

也就是说，还有 18 个日夜，我就要与初中生活彻底告别，步入我梦想的高中，开始我崭新的高中生活了。

记得三年前小升初时，傻乎乎的，没什么特别感觉。要说记忆里能印证我小学毕业的事唯有那次去武汉外初参加校考的场景了。初中一、二年级我过得非常的闲散和惬意。周末画个画、跳跳舞、弹弹琴、唱唱歌，成绩还始终保持年级前十名。妈妈很放心，几乎不跟我谈学习，更别说给我课外加压了。我就这样无忧无虑地度过了那两年。直到初二下学期期末考试，我破天荒的从期中考试年级第一下滑到年级三十多名，妈妈才开始紧张地关注我的学习。而接下来面临的初三“元调”和系列择校考试，才让我真切体会到自己要开始独自去面对人生的一个又一个重要关口了。

这不由得使我想起了小学时候养的蚕。刚开始的时候用小棉球

给蚕卵保暖，待到孵出小蚕宝宝后，每天采摘新鲜的桑叶去喂养它，使它一天天长大变胖，这个过程一直都离不开喂养它的人的精心照顾。直到有一天，它开始不再吃东西，也不再需要他人的照料，而是吐着丝把自己包裹得严严实实的，独自锁在蚕茧的小天地里，慢慢地蜕变，然后再一点一点地啄去茧壁，在某一天化蝶破茧而出。也许初三前的我们，什么都有爸妈的操持，自己只要像蚕宝宝那样安然地接受大人们的照拂，就能好好地成长。但到了初三这样的人生关口，才会知晓自己迟早要脱离爸妈的怀抱，独立去面对自己的未来。是否有美好的愿景把自己的能量化成丝织成茧，是否有坚强的意志力承受化蝶过程的痛苦，是否有智慧啄破蚕茧束缚飞向自由的天空实现生命的蜕变？在这织茧、破茧、化蝶的关键过程，蚕能够倚靠的唯有它自己。

而我自从上了初三，也到了蜕变的年龄了。从倚靠在爸妈怀抱无忧的孩童开始逐渐成长到需要自己独立面对人生考验的半成人阶段了。现在是高中名校的择校，下一步便是大学的择校了。如果要问我此刻的感受的话，奇怪，没有恐慌，反倒有些新奇和跃跃欲试。

之所以如此反应，也许是环境使然吧。不仅我如此，身边同学、家长亦如此，大家在一起关注和谈论的话题几乎都与中考、高考相关联。就像我们在国子学一起培训数学竞赛的同学，从“元调”后几乎都没人关注过中考，除在课堂学习之外基本都不会在中考上花时间学习，而目光早就盯向了高考。他们把课余时间用于学习高中知识，更有甚者，有同学在小学时期就完成了高中数学的学习，初中便开始了高中数学竞赛之旅；有的在小学便背熟了四六级、托福词汇，初一、二便有了 110+ 的托福成绩。

跟这些优秀的学生相比，我除了拥有一个更无忧无虑的童年和多了几项艺术特长外，余下的便是鸿沟般的差距。面对这样的差距，在妈妈的疏导之下，有震撼，但没有妄自菲薄。而是从 3 月份以来，也开始了面向高考的思维和学习模式。每天在学校备战中考，回到家里备战高中数学竞赛和英语托福考试。学习累了，就学习学习声乐、练习练习钢琴，以此来放松身心。每天过得都很紧张，再加上脚踝受伤，坐着轮椅奋战于学校与培优机构，充满了励志的感觉。

就这样，三个月在不知不觉中度过了。

每天看着黑板前倒计时牌一天一天减少，心里有股抑制不住的期许和小兴奋。

中考在即，高考已经不远了。

小雨感言：每一段人生里程的结束，都是下一段人生里程的开始。事先打好提前量是非常有必要的。

2016 年 6 月 21 日 星期二

决战中考之巅

武汉的雨季总是那么没完没了。这几天，伴随我度过人生有史以来最大考试的忠实陪护者便是这雨水了，几乎一天也不缺席。时而滂沱如注，时而和风细雨。

今年我们武大外校考场设在水高。虽然离家不远，但碍于上下班高峰期的堵车和中考期间考场周边的交通管制，爸妈跟大多数同学家长一样，选择了在就近酒店驻考。

因为名字的缘故，在我心里对于雨是情有独钟的。我眼中的雨，总是如同我名字般是诗一样的雨。妈妈在我很小的时候，就告诉过我，她之所以给我取这个名字是希望我长大后不要太大大咧咧，过于阳光外向，整日里疯丫头一般，但也不希望我过于多愁善感，柔柔弱弱,整日里悲悲戚戚,如同黛玉般。她既不希望我过于雷厉风行,干练果断,如同女强人般强势霸气,也不希望我谨小慎微,唯唯诺诺,缺乏主见，成为喜欢依附于人的小家碧玉。

在她的心里——

我该是理性的。要如同雨水能滋养大地，滋养万物一般，拥有自己独特的价值。她说这样的人，虽然如同雨水的普通、常见，但亦能得到不可或缺的世人的依恋和感怀。

我该是有韧性的。要有抽刀断水水更流和水滴石穿的勇气和坚韧。要如同雨水般的柔韧和执着，无论天空有多高，依然坠落到地面；无论道路上有多少山丘沙石，岩层土壤阻隔，依然渗透到地下，依然汇聚至江河海洋。即便是被烈日所蒸发，也要在天空附着尘土，冷却、凝结成雨水再次回归大地的怀抱滋养万物。最为可贵的是，雨水的坚持和执着，始终化作无形，没有丝毫棱角与锐气。

我该是包容的。要如同雨水般，无论被什么样的容器塑形，都是那么平和与欣然。

我又该是唯美的。不是狂风暴雨，疾风骤雨，是诗一样的雨，飘飘洒洒，悠悠然然。即便是滋养大地，翻山越岭、滴水穿石，抑或是囚于一隅，也透着几分灵气与雅致。就像那春天的细雨，时而轻轻地抚摸树干与树枝，洗涤大地，柔柔地亲吻新芽；时而欢快地拍打窗棂、屋顶和树叶，奏唱出动听的乐曲。杨柳轻拂，斜风细雨，烟雨朦胧，如诗如画。

也许正是有着对雨的这般特殊情缘吧，我既没有因为雨天出行赶考的不便而气恼，也丝毫没有中考的紧张感。记得前天去看考场时，大雨如注。尽管妈妈做了周全的防备，用雨衣把我和轮椅罩得

严严实实的，我自己举着一把伞，爸爸还举着一把特大号的伞，对我进行双重保护，最终还是未能让我的鞋和裤腿幸免雨水的浸泡。好在酒店到考场往返不到 300 米的距离，否则，这么大的风雨，怎样包裹都会沦为落汤鸡。那天因为是集中看考场的日子，家长和同学特别多，一路上熙熙攘攘的，伞跟伞不间断地像碰碰车似的碰撞来碰撞去。大家都很急切、紧张，也有些期盼和焦虑。因为轮椅低矮的缘故，常被在人群中顶着雨伞往前奔走的人误以为是空当而往这里挤过来。妈妈只好走在轮椅的左前方，不断地用手阻断挤过来的人流，客气地打着招呼 :“对不起，这里有轮椅，请让让。”

因为伞扣在头上，我几乎看不见人们的头。在我视线里，只有各式各样行走的腿和鞋。它们几乎清一色的湿漉漉，鞋子碰触路面时总会溅起一串串水花。脚步匆匆，水花飞舞，和着雨水击打雨伞、地面、树叶的声音，像极了雨中狂想曲。仿佛置身于好莱坞大片中雨中踢踏的场景。尽管旁边车水马龙，嘈杂一片，时而还会传来几句抱怨，“这该死的天气！”我却依然自得其乐地沉浸在爸妈精心守护的那片只有湿漉漉的腿和鞋的小小的世界里。旁边越是喧闹，我的心越是宁静惬意。原来人们常说的人如其名，是有因由的。

也许正是这份对于雨的偏爱，这两天我怎样都找不到考试的紧张感。水高是一个比较大的中考考点，容纳的考生除武大外初外，还有几个别的学校的考生。我和班上同学原本的考场在五楼，因为没有电梯的缘故，学校与考点负责人沟通，并上报区教委同意，特意把我的考位临时调整到了一楼。所以一进考点，陌生的老师，陌生的考友，让我完全找不到大考的感觉。再加上我的“特殊性”，每天考点都会指派一位考务老师在考前和考后联系我的爸妈把我送到考场外的红线处，女监考老师还会在两场连考中间询问我是否需要上洗手间，他们对我照顾有加，甚是亲和。就连考场同学们也常对我颔首微笑，甚是友好。这般场景，加上窗外淅淅沥沥的雨声，一片祥和，甚至时常令我忘却了自己正置身于中考考场。

每场考完回到酒店更是放松。酒店优雅的环境，熏香的大堂，净白松软的床铺和色香味俱全的菜品，不能不让人产生一种休闲度假的错觉。就连此刻，回到家里，我都在质疑，这两天我参加的真的是那个传说中的中考吗?

我突然有种不祥的预感。以前每次考试下来，我都第一时间去找正确答案估分，每次基本都能精确预估大概的考试成绩，但这次我基本是考完一门忘却一门，全然没有感觉，也丝毫没有欲望想要窥探自己究竟考得如何。

绝对不是回避。

按照我以往的成绩和手上的约，这个中考对于我来说没有任何的压力。毕竟只需要上武汉外校的校线而已，不是什么难事，没必要去心心念念罢。所以,中考对于我来说,不过是初中生活的毕业礼。“礼毕”，自然没必要再去在意了。所以，一考完便迫不及待地放飞自我，去安然享受这短暂的初升高的空窗期了。

我如此，爸妈又何尝不是如此呢。他们早就盼着我早点结束中考，好全身心投入数学竞赛和托福的学习、高中的衔接。为了庆祝这一日的到来，他们早早地就约好了外婆、舅舅和班上的老师，在我最后一门科目考试结束，便直接把我接到了汉街的稻香，在那雅致的包房里，妈妈准备了一束漂亮的手捧花，等待我的到来。还准备了很多枝康乃馨，让我一一送给老师们，感谢师恩。毕业宴是那么的温馨，跟老师们拥抱告别，回忆初中生活的点滴。我们时而开怀大笑，时而泪眼婆娑；时而唇枪舌剑，时而哽咽难言。

就在这推杯换盏，喜气盈盈的氛围中，我好几次都在心中大声地呐喊："我毕业了！"这呐喊声中，包含着满满的自豪、喜悦、憧憬与感恩！是的，这一切都是真真切切的。从今天开始，我毕业了，彻底告别了初中三年的生活，从此要步入梦寐以求的武汉外高了！在那里，我将在外高校训和精神的指引下，走向世界和未来。

听着隔壁房间久违的电视声响和有些醉意的妈妈发出的阵阵开心的笑声，我想，这应该就是传说中的那个中考没错。

小雨感言：台上一分钟，台下十年功。紧张奋战三年，原来只为这短短的两天！

2016 年 6 月 29 日 星期三

现在才学托福 OUT 了

一直沾沾自喜于自己的成绩，尤其是英语。在武大外校学习这些年，我依然延续了小学时期妈妈给我定位的学习风格，课程学习以学校为主，业余时间以音乐艺术为主。这几年基本每周末都要上舞蹈、声乐、绘画课，每天都要练习声乐、钢琴，每个寒暑假都要进行舞蹈、绘画集训。为此，舅舅和学校老师常劝妈妈放弃，以学业学习为主，妈妈都执拗地坚持。她始终认为，这些艺术学习对于我未来的成长发展有重大裨益，对于我能力素养的提升不亚于课业学习。而且在妈妈的逻辑里，艺术学习虽然会占去一些学习时间，却是繁重的课业学习的润滑剂，可以很好地调节和舒缓紧张的学习情绪，与课业学习并不冲突。

所以，我的童年远不如同我一起长大的表哥自由。他属于放养型，可以任意支配自己的时间。小时候每每放学都可以跟小伙伴们一起到处玩耍，上初中后总是可以跟同学们一起不是在操场打篮球、

踢足球，就是到处玩耍。而我呢，每天放学后却总是有满满的行程等着我。为此，有段时间，舅舅舅妈和哥哥姐姐们总是质疑妈妈，把我安排得太满，剥夺了我快乐的童年。妈妈不以为然，常以“子非鱼，焉知鱼之乐”来神回复。

不错，“子非鱼，焉知鱼之乐”！

妈妈这样的安排，并非违背我的意愿强加于我的。妈妈比任何人都爱我，比任何人都希望我快乐童年，快乐成长。也正因为此，她才没给我报珠心算、数学竞赛、作文训练班等，甚至连英语学习，请的都是一位大学病退的教授不以任何考试为目标的给我进行英语文学方面的教育。不背单词、不要老师布置课外作业、不做应试技巧和题型训练。

关于艺术类的学习，主动权也全在于我。很小的时候妈妈就跟我说过，如果喜欢，我们就继续学，如果不喜欢，我随时可以选择放弃。记得那年考专业钢琴八级时，因为年纪太小，手指太过稚嫩，练琴强度太大，考级前那段时间，几乎每天要练习两个小时以上，手指头常常都是肿的。记得有一天，手指实在是痛得厉害，就哭着对妈妈说，不想再弹琴了。妈妈听过后，什么都没说，蹲在钢琴边，拉着我的小手，一边轻抚我红肿的十指，一边用嘴轻轻地吹拂手指以减轻我的疼痛。眼睛里，满满都是爱怜和疼惜。过了好一阵儿，妈妈才抬起头，一边帮我抹去脸颊上的眼泪，一边温柔地对我说，“宝宝说不学就不学了，妈妈听宝贝的。”稍作停顿，又接着说道，“只是可惜，宝宝长大后就无法穿着美美的公主裙弹喜欢的钢琴了。”

见我语塞，继而道，“要不今天我们先不练了，宝宝好好想想，明天再告诉妈妈还要不要接着学。”

记得那晚，偶然间听到爸爸在厨房责怪妈妈，“你这样娇惯孩子，怎么行？遇到点痛，就放弃，养成这种心态，长大就废了。”

妈妈争辩道，“你放心吧，孩子是真心喜欢钢琴的，不会轻易放弃的。如果她想要放弃，我们逼迫她，又有什么意义？既难学好，又搞得她不开心，说不准以后还会造成逆反。再说，我在大学见过多少学生小时候拿过专业十级证书，因为初高中荒废，长大后不会弹琴的。如果她不喜欢，我们顶多也只能逼她过十级而已。与其强迫她拿个可有可无的钢琴考级证书，不如成全她开心地放弃。”从爸妈的对话中，我才知道，妈妈刚刚跟我说放弃，并不是骗我，而是认真的。

第二天的结果可想而知，我又开开心心地主动练琴了。因为在骨子里，我是喜欢钢琴的。至于为什么喜欢，我也不知道，就是很喜欢坐在黑色钢琴前弹奏的感觉，喜欢乐曲的优美旋律。自那天起妈妈也相应调整了我弹琴时长，控制在半小时到一小时之间。自此我再也没有产生过要放弃的念头。不但如此，即便过了钢琴十级，我都一直坚持每天练习，哪怕只练习十分钟也好，以保持良好的手感和基本功。

在这之前，妈妈对我的教育方法和理念一直是非常自信的。尽

管身边人都反对，她依然坚持在业余时间把我的艺术培养放在第一。这些年我的学习成绩，除了初二下学期期末考试和初三期中考试不在年级前十外，一直都算稳定，现在又考上了武汉外校最好的班。尤其是随着艺术学习时间的增长，也日见成效。客厅和书房摆放的我的素描作品常被人赞不绝口，舞蹈也越来越专业，歌也越唱越显专业功底，一首陌生的艺术歌曲，只要给我谱子，马上就能视唱出来，练习两三天，就可以上台表演。这一切，关于她艺术学习与课业学习相互促进的言论都得到了很好的事实印证。所以，舅舅舅妈他们也不得不服气。

而这一切，在妈妈跟比我更优秀的外初学生的家长在国子学认识后便发生了变化。自 3 月下旬开始，每周末有两个半天，我都在国子学付家坡培训点上高中数学竞赛课程。因为每次课有四个小时，妈妈担心我腿受伤中途不方便上洗手间，只要有可能她都会代替外婆守在教室外。也有些家住汉口或汉阳的家长，因为离家太远，也选择在教室外等候。就那个时候，闲着无事的他们便开始了经验交流。与其说是经验交流，实则是妈妈向她们学习经验，因为在指导孩子学习这一块，妈妈基本是空白。不交流便罢，这一交流，对我的教育与成长一贯沉着冷静、胸有成竹、独树一帜的妈妈开始恐慌了。

首当其冲的就是英语学习的冲击。记得那日从国子学回家的路上，妈妈一边开车，一边绘声绘色地跟我描述，她当时所受到的震撼。一个同学家长跟妈妈介绍说，“逸飞特别优秀，不仅成绩在外初数一数二，初一托福就考了 107 分，初二 SAT 就考了 2400 多分！”

妈妈觉得不可思议，反问道，“才上初一就备考托福？还考这么高？太了不起了！”

结果，逸飞妈妈不以为然地平静应答道，“她这点分不算什么，他们年级 110+ 的多了去了，高的有 117、118 的，最牛的一个考了 120，满分！”

这个回答彻底让妈妈傻眼了！妈妈一路上都在念叨，对于英语教育，她的教育理念似乎错了。从小到现在，妈妈是很重视我的英语学习的。4 岁时就送我上新东方幼儿班学习，后来又一直请上世纪 80 年代就留学英国并获得硕士学位的胡老师对我细心辅导，为了保证我发音的纯正，不管是音像学习材料，还是辅导老师，都尽可能选择英音。原本我的英语，无论是平日里的考试成绩，还是听力、口语，在年级都是拔尖的。妈妈因此一直骄傲于我的英语，却不承想武汉外校的英语教学水平如此超前。这就意味着上外高后，我的英语水平跟外高的同学将有着巨大的差距！

更为惊人的是，听说往届参加语言类保送的高中毕业生，大多数英语都能达到专业八级的水平，有些学校在保送考试测试时还要求，将古典英文诗歌翻译成中文，将中国古诗词或文言文翻译成英文。想着马上要与这样英语基础扎实的同学为伍，妈妈为我感到担忧。可笑的是，我们以前还一直在为自己的英语能力沾沾自喜，把英语当成自己的优势科目呢。真是山外有山，人外有人！

自那天起，妈妈便开始疯狂收集各种托福、雅思培训资讯。之所以决定参加这样的培训和考试，妈妈只是想我在英语学习上有个阶段性的目标和按照某一体系进行英语的系统学习，免得自己单纯地背单词、刷题，不容易坚持，也很难检测短期学习成效。通过一周的学习研究和考察，选择在逸飞妈妈介绍的闻道进行了测试和报名。并于 6 月初便在学习数学竞赛的同时开始了自己的英语托福备考之旅。每周背两个 List 的四级词汇，上一次托福课。原本培优机构的老师鉴于我的英语基础还不错，建议暑期集中学习 1 个月就可以去考一个成绩，妈妈没同意。她不想这么急功近利，希望我能把节奏放慢一点，把基础打牢固一点，毕竟我们考托福的目的不是为了拿到某一分数值，而是想通过它带动我英语能力的全面提升，再说暑期我还要参加外高暑期竞赛夏令营的集训，竞赛和托福必须协调推进才行。所以我们制订了一年学习计划，每周上一次课，在一年中完成几轮四、六级与托福词汇的记忆，争取明年暑假能一举考到 105 分以上。

刚开始，妈妈对我描述外初同学的英语水平时，我虽然也很震撼，但内心是自信的，记得当时我还不断地安慰妈妈，“没关系，我马上学，应该能赶上的。”然而，通过这段时间学习，我才知道现在学托福确实有些滞后了。中考前，我课堂上按学校推进中考复习，课后除完成学校必要作业外，基本都在进行高中数学竞赛、托福和声乐的学习，每天忙乱不堪，浅尝辄止。现在虽然放了暑假，时间都可以由我自由支配，但要做的事情确实太多。不仅要继续冲刺数学竞赛，提前预习高中三年数学，每天还要花大量时间背单词，以及听说读写训练。自从放假，每天都要背 1 个 List 的英语单词，这个暑期确定的目标是要完成四、六级词汇全部识记。这都不算，还得留出时间进行高中物理、化学的预习。原计划暑假看两本好书和进行初中生素质问卷调查的数据统计、文献查找和研究论文撰写计划也基本落空。原先预想“闲庭信步”的两个多月初升高长假，变得忙碌不堪。

试想，如果我也像外初的同学们那样在小学和初中时期就把英语关先攻克了，打下坚实的基础，现在就可以把全部精力投入到高中课程的学习了，怎会像现在这般忙乱？

此刻想来之前安慰妈妈的话，显得自己是多么的好高骛远。什么都是说起来容易做起来难。不管干什么，都需要时间的积淀。离开时间的保障，目标也就变成了空谈。我现在缺少的不是目标、愿景和方法，缺的是时间！通过这段时间的努力，我不得不承认，现在才开始学习托福真的 OUT 了！

小雨感言：要想水到渠成，除了埋头苦学外，还需要科学的人生规划。

2016 年 7 月 20 日 星期三

中考悟思

离中考成绩出来，已经半月有余了。半个月来，自己一直被各种复杂、伤痛的情绪包裹着，不敢打开电脑中的日志文档，生怕会触碰到那皮与肉相剥离的血淋淋的灵魂创口……

记得中考完后我放松了一天，便投入到紧张的学习中了。与其说放松了一天，实际上不过是上午睡到了自然醒而已。记得那一觉睡得特别沉，沉到中午时分妈妈叫我起床吃午饭，我才醒来。吃过饭就已经快两点了。爸爸妈妈匆匆赶去上班，留下我独自一人在家。

突然闲暇，百无聊赖的我竟无所适从。坐在轮椅上在书房卧室来回转悠了半天，才最终停留在书架前的一本韩国最新流行曲谱上。找了一首心仪的曲目，坐在琴凳上开始弹唱。平日里因为时间的关系，弹唱的基本都是世界名曲和艺术歌曲，难得有空闲弹唱流行歌曲。弹唱罢，又去书房画了一串香蕉素描，一下午便这样不知不觉中被打发过去了。好久不画画，自我感觉还蛮好，心里虽然有些小窃喜，不知怎地依然觉得落寞不适。或许是最近两点一线忙碌习惯了罢。自从腿受伤后，既不能出去学画画，也不能上舞蹈课，尤其是自从在国子学上了数学竞赛和在闻道上了托福，时间就更聚焦于学习了。

晚上爸妈送我去上了声乐课，回到家后便主动要求和妈妈一起制订了精确到分钟的暑期学习计划。反正腿脚不方便，不是坐，便只能躺，爸妈又要上班，对游戏之类的我又不太感兴趣，还不如做计划，规划好自己暑期的学习生活，省得整日里在家像幽灵一般晃来晃去不知道干什么。

就这样，我早早结束了妈妈给我的三天全休假期，开始了有规律的学习生活。每天都有半天要学习数学，半天学英语，晚上则安排其他学科学习。学习累了的时候，便穿插钢琴、声乐或素描练习，隔三岔五我就会“产出”一只苹果或一只梨。周末爸妈也时常会推我出去走走，暑期生活也开始变得充实起来。时间也随着作息的规律快速地流逝着。

从考完到现在，妈妈不断出差，家里更是清净和简单。我跟爸爸两人每天各自忙各自的，他除了忙工作、家务，就是帮我录入问卷信息。后来随着天气也愈来愈炎热，我每周除了出去上托福课和声乐课，也鲜少出门。就这样日复一日，日子快速地翻篇着。那个关于中考的话题，自考试结束后，爸妈和我都再也没有提及过，似乎谁都以为结果毫无悬念，根本不值得我们去谈论或者记挂，我们

所有人的目光都早已盯向了高考。以至于 7 月 1 日查询中考成绩的那天，我们都给忘了。要不是我同班同学溜溜的妈妈给我妈妈打电话问我考得怎么样，我们压根都没想起，原来已经到了查询考试成绩的日子。

溜溜妈妈的电话，引起了家里的一阵小躁动。妈妈兴奋地大声呼叫书房的我，“宝贝，今天查成绩啦！”

我抛下轮椅，起身便走到了妈妈卧房，妈妈急慌慌地在五斗柜里翻找我的准考证，然后拨打查询热线。

占线，还是占线！

爸爸也闻讯从客厅赶来，急切地盯着妈妈的手机。妈妈一遍又一遍地拨打，我的小心脏怦怦地快速跳跃着，妈妈也涨红了脸，手都有些发抖。也真是奇怪，考前考后，我们不都不在意中考成绩的吗？甚至考后大家连谈都没谈论过！而此刻大家的情绪却那样不约而同地紧张和兴奋！

现在冷静下来，才幡然醒悟，那一刻的我们，只不过是想要尽快检阅预想中的好成绩罢了。

至少拨打了十分钟，电话才终于拨通。按照语音提示输入信息后，语音那头传来的分数直接让兴冲冲的我们石化了。爸妈脸色刹那间变得惨白，两人连连说不可能。原本兴奋地黏在爸爸身旁，手攀着爸爸肩膀，一同围着妈妈手机的我，直接转身呆坐在了床上，眼泪哗的一下就涌了出来。妈妈又接连两次拨打电话进行确认后仍不死心，焦急地打电话求助舅舅："成绩查询可能会出错吗？"

舅舅也异常惊愕于这个成绩，毕竟初中三年有史以来都没有考过这么低的分。连连说，"怎么可能就这点分？"但惊愕之余，也斩钉截铁地掐灭了我们最后仅存的一点希望，"不可能出错！这样重要的考试，改卷、统分、录分、发布程序都非常严谨，层层审核，层层把关。谁敢疏忽，就是重大责任事故！"

妈妈绝望地挂了舅舅电话后才留意到正在伤心哭鼻子的我。连忙从窗户边走过来蹲在我面前，一边用手轻轻地抹去我脸上的眼泪，一边安慰我，"没关系的，宝贝，不要紧，分数线不是还没下来吗，不会影响我们上外校的！"并示意爸爸赶紧拿纸巾一同来安慰我。

爸爸一边拿来纸巾笨拙地帮我擦拭着眼泪，一边附和着，"没事儿，没什么大不了的。"

妈妈一把抢过爸爸手里的纸巾，一边调侃着试图活跃气氛道，"瞧你爸爸笨的，把鼻涕都蹭到宝贝脸上了。"

我依然闷声流泪。妈妈只好关切地蹲在我面前，一手拿着纸巾盒，一手不停地抽出纸巾帮我擦眼泪。无所适从的爸爸从厨房搬来个小凳子放在妈妈身后，示意妈妈坐下。自己则坐在了窗户边的椅子上。

一时间，大家都默不作声。

时间就这样在沉默寂静中流淌……

在分数线下来之前的那段日子，尽管爸妈在我面前总是装出一

副宠辱不惊的样子，但我依然能觉察出他们内心的焦虑和不安。我呢，则整日里惶恐不安地按照既定学习计划推进着，但学习效率可想而知。

就这样煎熬着度日，直到武汉外校分数线下来。

直到今天我都还清晰记得分数线公布那天的情形。当我们得知，刚好外高分数线是 481 分，压分上线的时候，我们全家居然欢呼了！妈妈和我都开心得掉眼泪了。那种“范进中举”的场面真实而深刻，那一刻全然忘却了中考考出初中三年最差成绩的伤痛。

但那刻的欢愉也是短暂的，很快我们便恢复了冷静，当晚我们召开了家庭反思会。妈妈首先进行了自我检讨，认为是她误导了我，让我过早把精力放在了高考，忽视了中考。中考前两天，依然坚持要我背四级单词等。而我则认为失败的关键因素不在于早早地着眼于高考，分散了备考精力，还是在于我主观上的轻视。否则怎么解释跟我一起在国子学上竞赛的外初的同学中考成绩依然很好？怎么解释继“元调”后的“四调”和考前任何一次模拟考试显示中考上 500 分绝无悬念？唯一合理的解释就是我过于自信，自信到轻视。再加上老师们总强调中考要自信，放松心态，我就更不在状态了。现在想来老师的话其实是针对那些很紧张焦虑的同学而言的，对于我这样原本就没把中考放在心上的，那几天应该提高紧张感才是。

回想中考那些天的种种，我确实太过于自信了。否则怎可能有心情沉浸在雨的遐思中，品味雨天的曼妙？怎可能有时间去关注考场老师与同学对我的别样关心？就连在考场做题时也没能做到全神贯注，心里想的都是大考的体验和考后的释放，好快些投入到高中学习生活中去。

现在想想都后怕，因为自己的疏忽大意，险些酿成大错。要是分数线再高上一分，后果就不堪设想了。正如妈妈所说，人不可能每次都能拥有好运气。对于人生道路中的重要事情，无论多有把握，你都不能小觑它。只有心存敬畏，认真对待，它才会对你“投桃报李”！

小雨感言：世上没有什么万全把握之事，认真对待，全力以赴，是永恒不变的真理。盲目乐观，自信狂妄，必将付出惨痛代价。

2016年8月18日 星期四

栀子花又开

中午，烈日当空，吸入的空气干燥得几乎起火，热辣辣地灼烧着喉咙。

“又堵车了。怎么搞的，这要等到猴年马月啊！”鸣笛声和抱怨声不绝于耳。我倚靠在座椅上，把空调调到大风，看了眼前面的汽车“长龙”，估计还要再等两三个红绿灯才能通行。

红灯。

不远处，一个在汽车间不断穿梭的中年妇女引起了我的注意。她头上戴着一顶白纱帽，穿着一件亮绿色碎花短袖衬衣和一条泛白的浅蓝色牛仔短裤。左臂上挂着一个小竹篮，右手拿着几朵栀子花。皮肤黝黑，身材消瘦，脸上挂着一抹渴盼的微笑。

她晃动着手上的栀子花，快步走走停停于一扇扇紧闭的车窗前。透过车窗玻璃，努力地笑着，认真地观察窗内之人的反应。回应她的不是冷漠的侧脸，就是挥舞着的手。

一阵发动机启动的声音响起。她转过头，绿灯。那笑容可掬的面庞掠过一丝慌乱。在一片鸣笛和叫骂声中，她一边用右手稳住篮子，一边小跑着回到了路边。车子争先恐后地冲过路口。汽车排气管掀起的一股股热浪撩动着她那一小缕散落在帽檐边的发丝和衣角。她站在路旁，焦灼地盯着那盏小圆绿光，时不时地用手拭去脸颊和脖颈上豆大的汗珠。时间没有突飞猛进，也没有倒行逆施。那短短的 30 秒在她心里该是何等漫长？只见她用手放在额前遮挡刺眼的阳光，在脸上形成一半的阴影，以至她的脸远远看上去像是从正中间分成了两半，一半是光，一半是影。这不由让我想起了课本上含有双重意味的希腊剧面具。光与影，欢笑与哀伤，希望与绝望。或许就连那一缕栀子花香最后也都将被那无情的烈日消散……

红灯。

她又开始在车辆之间穿梭，始终无人理会。看着渐渐离我而近的身影，我赶紧掏出钱包，取出 5 块钱，然后静静注视着她的到来。正当她经过停在我右侧的那辆宝蓝色保时捷时，车窗打开了。窗内是一个穿着高档连衣裙，画着浓妆的女人。

“哎哎，你这花怎么卖的？”女人皱着眉头，似乎是嫌窗外太热，向她招了招手道。

“5 块一串。”她小跑着过来，露出灿烂的笑容，拿出一束花放在女人面前。

“5 块钱就这么一小串？ 3 块卖不卖？”女人眉头皱得更紧了，

瞪着眼睛，凌厉的目光直射向她。

“这……”她低头看向手中的花，面露难色。

“那就算了。”女人慢慢关上了窗。

“等……等一下，4 块，行吗？”她凑近窗户，小心翼翼地应着。

看着那车窗玻璃再次下沉，她的神情放松了些许。

“那就来一串吧。”女人昂着头，斜睨着她，用戴着彩色亮钻的手指夹着 4 块钱优雅地递给了妇人，神情里满满都是不屑。妇人把手中那一串栀子花捧到女人面前，女人跷着小指，拎起一串，转了一圈。忽然瞪圆了眼睛，手伸到她面前，质问道：“这花居然还有一处枯了！你看，这里，有一点褐色。”女人指着一个几乎看不到的小点。

“对不起，对不起，我这就给您换一串。”

“快点，要走了，还有 2 秒。”妇人急忙在篮子里挑了一串，哈着腰递给了女人。

绿灯。

她狼狈地逃回路边，将褶皱的 4 张一元的纸币一一抚平，小心翼翼放进小包中。摘下帽子，看看头顶上的太阳，抹了把汗，脸上竟然绽放出笑容。那笑容是那般的纯美，以至于恍如一股浓郁的栀子花香沁入我的心田……

太阳却无视这一切，继续肆虐地燃烧着。

我们的车随着车流渐渐地离她远去，我的思绪也穿梭回到了去年夏季的那一天。

那天具体日期已经不记得了，只记得那些日子正值雨季，一个又一个雨天没完没了地接踵而来。那天同样也是下午一点多钟的光景，雨下得特别大，地上积满了水。爸爸开车送我去上声乐课，妈妈也随行。车子刚开出小区，转行至珞狮北路至八一路的路段。由于这个地带离东湖较近，地势低洼，但凡下雨天，一般路上的积水都较其他地方更为严重。即便如此，因为这条路连接水果湖、八一路等主要交通要道，所以往来车辆依然特别多。

路上很堵，车行缓慢。走走停停，直到完全停止。据说是因为积水太重，前面一辆轿车抛锚，两辆车发生了剐蹭。由于心中早有预期，为防止上课迟到，我们较往日提前了半小时出发，所以我们一家三口全然没有焦急心态，有说有笑地聊着天。直到一阵轻柔的叩击车窗玻璃的声音传入，才打断了我们的欢声笑语。

窗外，雨水如注，声音从妈妈坐的副驾驶窗外传来。透过布满雾气的车窗玻璃，隐隐约约看见一个身影。我们心里一紧，不会是出什么事了吧？急忙打开了车窗。随着车窗玻璃的下沉，一阵寒风，夹杂着雨水扑面而来，不由得令人一阵寒战。完全不敢相信此刻正值炎夏，仿佛置身寒冬一般。

妈妈抹去刮入眼眸的雨水，勉强睁开眼。只见一位约摸六七十岁的老奶奶置身雨中，颤颤巍巍、粗糙皲裂的手中拿着一串用铁丝

串着的栀子花。一阵香气扑鼻而来，好新鲜的花。妈妈愣了一下，脸上的紧张随即消散，取而代之的是惊讶。这么大的雨，这么大的年龄老人居然出来卖花？我也暗自思忖着。

爸爸突如其来的一个喷嚏声才让妈妈回过神来，只见她忙不迭地接过老奶奶手中的花，戏谑地看了爸爸一眼，然后从车子前排座椅中间平时存放备用停车费的小储物箱里，翻出了一张 20 元的钱，满脸笑容地递给老奶奶。老奶奶手刚碰触到钱，立马缩了回去。面带难色，缓缓地对妈妈说：

“对不起，我、我身上没带零钱。这是我今天从上午出来到现在卖出的第一串花。”

声音缓慢且低沉，也许是担心一说完，因为我们也没有零钱而错失生意。那一瞬间，我明明捕捉到了老奶奶眼圈一阵泛红，眼中些许泪花闪烁，但稍纵即逝，呈现在我眼前的却是老奶奶满满歉意的笑容。但无论怎么掩饰，那一脸的褶皱都掩饰不了岁月的沧桑。我心中不由得一阵酸楚。正打算伸手去拉扯妈妈的衣袖，示意她用 20 元买下，妈妈略带沙哑的声音已经响起：

“没关系啊，不用找了。这花很新鲜，我非常喜欢！”

妈妈的话音刚落，老奶奶脸上紧张的神情有些许放松，但旋即化为些许慌张，急忙摆手道，“那可不行！”

妈妈将 20 元钱硬塞到老奶奶手中，急忙按下了窗户闭合键。原本迟缓的老奶奶不知哪来的敏捷，居然在窗户即将紧闭一刹那，从篮子里拿出几串栀子花塞进了窗户。等妈妈再次打开窗户时，老奶奶已经在雨幕中快步走开了。走出约摸一车远的距离后，转过身来，朝着我们的方向挥了挥手。当时雨实在太大，看不清她的脸，但我似乎看见了满脸笑容的她，眼里噙着泪花。

接过妈妈递来的花，浸透着雨水的花瓣显得格外的娇艳和清新，串着花的铁丝还微微透着些许老奶奶的余温。心里正在感伤，爸爸一阵无法抑制的喷嚏声打断了我的思绪。只见刚刚还沉默不语的妈妈，瞬间恢复了活力，一边乐不迭地回过头来冲着我说："宝贝儿，赶快，把花放进你的书包里，或者放到后备箱里也行……"一边打开了窗户。

妈妈的话弄得我一头雾水，愣在了那儿。

妈妈赶紧补充道："爸爸鼻子不仅对百合花过敏，对栀子花也过敏！"

一听，我乐了，原来如此。怪不得刚才妈妈在拿钱买花前冲爸爸诡异一笑呢。我赶紧把套雨伞的塑料袋取下，把花如数放了进去，快速系紧袋口，并凑到鼻子前闻了又闻，确定没有气味后，把它放进了后备箱。

四个窗户打开，透了好半天气后，爸爸才缓过来，停止了打喷嚏。看着爸爸涨得红紫的脸，我和妈妈更加乐了。

这时，车流开始缓慢向前移动。没走几米远，再次看到了那位卖花的老奶奶。她站在前面不远处马路中心隔离带旁。隔离带上空

是高架桥，刚好可以避雨。她的雨伞收拢斜靠在围栏上，旁边多了一位三十多岁的妇人。只见那位妇人一边说着话，一边怜惜地将老奶奶耷拉在脸上湿答答的头发捋向了脑后，并拉扯着取下了老奶奶挎在手臂上的小竹篮。拾起旁边的伞撑开，硬塞到老奶奶的手中，推搡着老奶奶走向十字路口。正在这时，前面几辆车突然加速，车轮溅起一帘雨浪，冲向她们。说时迟，那时快，那位年轻的妇人快步冲到老奶奶身旁，侧身抱住老奶奶，试图挡住雨浪。结果却是两人几乎从头到脚都未能幸免，接受了冰冷的污水洗礼。我原以为她们会大声叫骂，谁知道，我们的车缓慢经过她们时，却发现她们在爽朗地笑，还相互疼惜地为对方拭去脸上的脏东西。

突然，我特别期待红灯亮。我发现妈妈也正侧身目不转睛地看着她们，爸爸也忍不住时不时瞄向后视镜企图洞察一切。我忍不住起身跪在后车座上，快速用手擦去后挡风玻璃上的雨雾。只见老奶奶三步一回头地走向了马路对面的人行道，消失在路的另一头。而那年轻的妇人则迈着轻快的步子走向了等候红灯的车窗旁，身姿是那样的优美，如同雨中曼舞的仙子……

爸爸叫我下车的声音打断了我的思绪，把我拉回了现在的时空。

窗外正烈日炎炎。而我手里还紧紧攥着刚刚打算买花的 5 块钱。

我嘴角上扬，脸上不由泛起一丝微笑。因为我相信，雨帘中，烈日下，那些已经消失于眼帘的卖花妇人和老奶奶的身影，经过岁月的侵蚀终究将变得模糊，而那一抹栀子花香定会留存于心，芬芳我的人生……

栀子花开。

栀子花又开。

（本篇曾发表于《青年文学家》2018年1月总第639期）

小雨感言：有一种美，美在心里，美得经年累月。

2016 年 8 月 24 日 星期三

择 班

究竟是上竞赛班，还是超常班？这个问题已经让我们纠结了整整一个假期，终于要到最后做决定的时刻了。今天，就是它的法定终结日。因为明天，按照学校通知，新高一就要按班级军训了，分班信息会在明天一早发布。

在我印象里，妈妈一直是一个雷厉风行的人。可这半年里，在我择班问题上，却令我大跌眼镜。她是博士，做事很认真，做任何大的决策前都要深入研究，分析利弊得失。我的择校择班问题显然是近期家中头等大事。由于我和妈妈的外校情节，尽管工科出身的爸爸希望我能学习理科，去华师一就读，但毕竟在家里他排行“老三”，人微言轻，因此在择校问题上几乎没有什么悬念就快速确定了。而在择班问题上却大费周章，几乎可以用若干次颠覆性大决断来形容。

因为我“元调”成绩还过得去的缘故，妈妈拿着我“元调”分数条和她精心准备的能充分证明我是“牛蛙”一枚的厚厚一摞材料，比较轻松地帮我签到了超常班——传说中外高最经典的班级。外高最牛的师资、最好的生源几近汇聚于此。按理说，故事到此该圆满结局了。可事情并非如此简单。也正是从那天起，一条关于竞赛班的信息引发了“家庭骚动”，开始了无休无止的择班大论战，我和爸爸私下将之戏称“超竞论战”。与其说是论战，不如说是普天之下妈妈们都会犯的错——“爱女”焦躁症爆棚引发的“独角”论战。在这个大论战里，我和爸爸不过是妈妈不可或缺的忠实粉丝、观众，偶尔附和性地发表一下我们的意见而已。论战发起、组织、主持、正反方辩手、辩论、结题都由妈妈一人完成。这就是我妈妈的魅力所在。无论什么决定，都能轻易地说服我们，令我和爸爸常常佩服得五体投地。必须说明的是，不是敷衍，不是迫于她的权威，更不是我和爸爸没主见，而是心悦诚服地被她说服，而且无论向哪个方案倒戈均如此。无论怎么解释，好像在这场论战中，我跟爸爸真的就像墙头草。只是无论随风倒向哪里，都是倒入妈妈那一边，因为所有风都是妈妈刮起来的。

事情缘起于妈妈帮我在外高签约后，与几位外高顶级“牛蛙”家长的邂逅。虽然她之前早已通过儿子就读于外高的胡叔叔和外高招办老师那里打听到外高的最新班级建制。即从去年开始有竞赛班和超常班两个最好的班级，但她并不知道个中就里。超常班是外校传统最牛班，直到去年竞赛班设置后，才打破了这一现状。竞赛班

是外校应对未来国家取消语言类保送政策而采取的用竞赛保送和名校自招方式保证升学率的对冲措施，其优势可想而知。

如此一来，超常班的霸主地位遭到了很大程度的撼动。虽然从小学高年级开始，我每每参加比赛均能获得二、三等奖，老师也认为我有数学竞赛潜质，但终因与妈妈给我设计的素质教育路线相背离，妈妈坚持不让我染指竞赛。因此，尽管妈妈知道外校有竞赛班的设置，自然也会下意识地在第一时间屏蔽掉。直到与那几位“牛蛙”家长邂逅交谈后，妈妈才知道，此竞赛班，并非她之前理解的学生必须专注竞赛的彼竞赛班。主要体现在如下四个方面：

第一，这个竞赛班与传统竞赛班不同，是竞赛与综合兼顾型，甚至可以说是通过竞赛强化综合。据说去年的班级 30 名学生里，只有少数几个在专注搞竞赛，其他均以综合为主，只是兼顾竞赛。

第二，参加竞赛不等于孤注一掷博头奖。即不仅限于通过获得大奖直接保送名校或名校降分优录，那是“战斗机”中的“战斗机”才能有幸获得。如果有一定潜质，再加勤奋，即便起步晚，获得一个省级一、二等奖还是有可能的。而这些奖项则是参加名校自主招生必要的敲门砖，也是大学申请出国留学时，国外名校所看重的。

第三，在湖北高考单靠裸分上顶级名校的人寥寥无几。仅有极个别“牛蛙”才敢有底气和勇气去尝试，一般的学生可没这底气，也不敢冒这个险。而参加学科竞赛似乎是一个不错的选择。且把数理化某一学科学深，无论对于高考，还是对上大学后学习钻研高精尖专业，均会受益良多。

第四，学风肯定是全年级最好的。这个班几乎聚集了年级的全部顶级“牛蛙”，班级小，教师团队配备精良，学校空前重视，且成绩惊人。高一上学期期末考试，全年级前10名，竞赛班竟然占去9席，前20名占去15席！由此可见，这个班级对于外校的重要意义，是不言而喻的。

于是，妈妈通过深思熟虑后，召集了家庭第一次“超竞大论战”。可想而知，妈妈用竞赛班的生源学风优势、竞赛择校优势、上一届成绩优势，和我所谓数学学习潜质等，说服了我和我爸。于是，从那一周的周末开始，大概是三月中旬吧，尽管中考复习备考如火如荼，我依然被成功洗脑——“淡化中考，着眼高考”，并被推送到了周末备战数学奥赛的大军中。也许是妈妈行动迅即，马上着手备战竞赛的信念感染了招办老师；也许是妈妈三寸不烂之舌，把我竞赛天赋夸上了天，以至于让招办老师相信了我的数学实力，总之，她把签约成功地调整成了竞赛班（后来才知道，签这个约的只有寥寥数人）。

当我为妈妈的游说能力惊艳时，接下来好几天，妈妈却因为自己的“高调炫女”深深自责，陷入惴惴不安中。因为妈妈从小出身书香门第，家教甚严，家人多半严谨谦和，为人从不张扬，鲜少在人前肆意夸耀我。即便别人夸奖我，也多半会谦虚应答。而这次，

为了使我能顺利进入更好的班级，居然侃侃浮夸，甚至不吝言辞。做出这样的事，显然严重违背了她做人的原则。写到这里，我不得不插入感慨：母爱真是伟大！为人父母不易！

妈妈的诱导，再加上国子学培训，我渐渐地喜欢上了竞赛。开始享受数学竞赛思维训练的乐趣，学习渐入佳境。原以为我就这样沿着竞赛 + 综合冲刺名校的轨迹发展着，中考成绩的公布却打破了这一宁静。记得那天，同学家长电告妈妈可以查询成绩后，我们忙不迭地拨通了电话。电话线另一端机器报话系统传来的声音犹如晴天霹雳！虽然中考一考完，我就已知道很不理想，但因为“漠视中考，着眼高考”学习理念，并不太在意。就算不好，也不至于上不了 490 吧。所以，中考后没有估分，也没有多想，甚至连查分这样的大日子都给忘了。毕竟实力摆在那里，中考前的几次模拟考试，除去体育，裸分几乎都在 480 以上，中考应该只是小 CASE。然而，没想到成绩竟差到如此程度，居然创下初中三年历史最低，甚至还要担心是否能上校线，实难接受。电话查询了一遍又一遍，依然不敢相信。那一刹那,妈妈一定傻了！也许正是那天开始,妈妈在自责、反思中开始筹谋第二轮“超竞大论战”。理由显而易见：

第一，我虽然有学习数学潜质，但毕竟起步太晚，能否拿奖是个未知数。而竞争对手却是那些小学开始就备战竞赛的选手，他们大都已经把高中数学学习了好几轮，大学的内容都已开始涉猎。

第二，时间精力有限。跟这一届优秀学生相比，我还有很多差距。除数学竞赛起步晚的差距外，英语也是一个重要差距。这个差距，对于马上要就读于外高的我来说，是必须尽快补齐的短板。所以，近期目标，相对于数学奥赛，显然英语能力的提升更重要。因为数学竞赛是为了拓宽考名校的竞争渠道，而对于在英语教学那么牛的外高来说，提升英语能力却意味着跟上教学节奏。这就好比一个是解决温饱问题，一个是提升生活质量的问题，显然首先必须解决前者。

中考以前我们曾一度认为，学校课业学习、数学竞赛、托福备考三者可以兼顾。不然，怎么会在中考前夕，不仅上马竞赛培优项目，还上马托福培优项目？事实证明，把基础支柱的学校课业学习给影响了。否则，中考何至于如此糟糕！所以，我们必须清醒地认识到：人的时间和精力是有限的，在同一时期内，不能贪多求全，要适当取舍。从这个暑期开始至高一上学期寒假，在适应高一课业学习基础上，只能确立托福这个阶段目标。

第三，认清自己的优势，不能放弃自己的长板，以己之短搏人之长。我从小接受的就是素质教育，各类艺术教育都已坚持多年，虽然谈不上多高专业水平，但确实都具有一定程度的基本功。与其为了从未搞过的数学竞赛，高中三年放弃这些优势特长的继续学习，还不如坚持特长，在这些特长中选择其一来强化冲刺名校。扬长应该才是正确的选择。

因为顾及我日常所表现出来的竞赛兴趣，在正式召集家庭会议

进行决策之前，妈妈开始悄悄实施她的摧毁计划。她一方面把托福强度加强，挤压我数学竞赛练习时间；另一方面，给我灌输一些经济学、哲学、地理基本常识，进行多样化学科知识渗透，引导我兴趣的转移。老谋深算的她，居然还不动声色让我参加了外校组织的竞赛夏令营，并希望我通过集训测试自动淘汰。但事与愿违，我居然接到入围通知了。无奈之下，下午，她只好硬着头皮召开了第二次“超竞大论战”。

也许是知道这样摇摆不定会给我造成困扰的缘故罢，这一轮论战，妈妈很民主。只是诱导似的表达清楚各自利弊后，没发表任何结论性意见，而是充分征求爸爸，尤其是我的意见。似乎是把决策权下放给我们一样。其实我和爸爸都懂，如果妈妈不是想颠覆性反戈，又何必煞费苦心地掀起这一轮论战？当然我们充分理解妈妈的纠结和反复，同天下妈妈一样，她总想把最好的教学资源给我。但是人不能同时踏入两条河流，孰好孰坏，谁也不得而知。选择时越纠结就越能体现她那满满的母爱。结果显而易见，这一轮论战在妈妈的一句总结陈词——“那就按你们两人意见办，不去竞赛班，去超常班”中画上了圆满句号。

由此，两轮“超竞择班论战”算是结束了。此刻，夜深人静中，我回首择班纠结中的种种，突然有了种顿悟——无论是资源、平台，还是成长道路，选择最好的，不如选择最适合自己的。无论怎样选择，其实自己的努力才是关键中的关键。有了这个前置条件，其实选择什么班，都显得不那么重要了。

纠结，不如努力。出发吧，暴学君！

小雨感言：无论资源多么优质，离开自身的勤奋照样归零。与其患得患失地纠结于外部资源的获取，不如多一点时间努力学习。

2016 年 8 月 31 日 星期三

外高报到

今天是外高报名日。

一大早，我在妈妈的陪伴下来到了校园。看到校园熙熙攘攘的人流，熟悉而陌生，忐忑而兴奋。妈妈跟熟悉的家长们去了家长会场，我独自留在了这个全新的班级。因为是临时调班而来的，班上的同学基本都不认识。听妈妈说班上有个叫小宝的男生是我幼儿园同学，远远看去是那样的陌生，怎样都找不出半点儿时记忆的印迹。

好在是第一天上学的缘故，大家表现得都很羞涩和含蓄。即便那些初中在一个班级的同学，也都没怎么交流。上午，班主任饶老师来到教室，简单说了一下今天报名日的安排，大家就自由活动了。其实今天最重要的事情就是缴费报名、整理内务、熟悉新环境和班级干部竞选。

中午，我请妈妈在食堂里吃了中饭。把饭菜买好放在妈妈面前，看着妈妈兴奋的样子，那一刹那，我突然觉得自己真的长大了。也许高中生与初中生的不同，不在于两个月年龄的差别，而在于身份的转变吧。送走依依不舍的妈妈后，我的心绪变得凝重。从校门到教室，一路上环绕在脑际的全是问号。这是怎样一所学校？以前听妈妈和寒寒姐姐介绍，原本清晰无比的那个印象，一下子变得模糊了。我该怎样度过我的高中生活？原本目标明确的我，具体到真实去实施的时候一下子也模糊了……这些问题其实在今早踏入校园的第一瞬间就蹦出来了。中午吃饭时几次都差点脱口而出问妈妈，但我还是忍住了。因为妈妈已经很辛苦了，类似这种鸡生蛋或蛋生鸡的问题，抑或“大姨妈综合征”的问题，还是别烦她了。

我以为这一天就要在这样一些“伟大”而“痛苦”的困扰中度过了，不承想，一件意外事件打破了宁静。班长子添（人物介绍：女汉子，热情开朗，一看就是好人缘）凑到我的桌前，说：“你可以当班级文艺委员吗？”

一切来得太突然，再加之我刚刚一直迷失于自己的思索中，一时没反应过来。看着呆呆的我，率性的班长忙解释道，“刚刚征集班委会竞选人选，文艺委员没人报，我翻看了全班同学的资料，有才艺的不多，看你有好几项才艺，觉得你最适合，所以就来征求你的意见了。”

班长说完，我心里其实是很开心的。在一个全然陌生的环境，能在第一时间被班级融入，是一件多么惬意的事。可因为脚踝受伤，目前只能走平路，连上下楼梯都困难，哪能担任干部？所以我连忙

婉言谢绝。班长听闻，鼓励我道，“对不起，我不知道。不过没关系，你脚有伤，事情我们班委会帮你分担。”班长真的有几分男孩子的豪气。

“可这怎么好意思，不工作，还要荣誉。”也许是基于不能因为我腿有伤就食言的缘故罢，班长非常坚持。因为她的那份坚持，一刹那，我不单单只是不知道该如何拒绝，还有些心动了。

手足无措的我来到教室外走廊，拨通了妈妈的电话求助。妈妈不愧是妈妈，尽管在忙，寥寥几句，直戳要害。她讲了四点意见：第一，无论在什么时候，都要坚持唯有付出才能收获；第二，要认清文艺委员是一个干部岗位，考量的是担任者的组织能力、协调能力、责任心和为同学服务的精神，而不是他（她）个人的才艺；第三，即使班上同学不如你学习的才艺多，即使现在没人出来竞选这个岗位，这并不意味着你最适合，也更不能说明只有你一人适合！第四，班长信任、包容你，你要学会感恩。也正因为此，你更要懂得拒绝。至于如何拒绝，妈妈相信你能做好。尽管妈妈因为身处工作场合说得很官方，但我依然能听出电话那头的她是多么的语重心长。

挂完妈妈的电话，我醍醐灌顶，顿觉释然。是的，有时候选择不承担原来也是一种责任。我有伤在身，既然承担不了责任，无论是什么原因，都应该拒绝。可问题来了，班长这么坚持，我怎么好继续推迟呢？

突然，我脑子一激灵，一个好主意便闪现出来了。我忙不迭地转身走进教室去物色适合担任这个岗位的同学。功夫不负有心人，我一出师便获大捷，用妈妈关于文艺委员岗位的论断说服了一位很优秀的同学愿意出来竞选。

本来就是嘛，文艺委员关键是能组织和带动全班的同学全面发展、活跃班级氛围、展示班级风采和缓解同学们的学习压力嘛。把这个好消息报告班长后，班长会心地笑了。

小雨感言：有时候选择不承担，原来也是一种担当。

2016 年 9 月 1 日　星期四

校长开学第一讲

今天是正式开学的第一天，真正意义上的高中生活的起始日。虽然如同昨日般欣欣然，但在亢奋之余，心中多了几分笃定和责任。

第一天的学习生活不像想象中那般紧张和快节奏，各门课程老师并没有急于讲授新课，而是对高中该门课程的学习进行了介绍。一天的课程下来，归纳起来，可以说收获了两点：一是和蔼可亲的老师们的课程介绍让我紧绷的神经得到了舒缓；一是王校长开学第一讲，开启了我关于高中学习生活的哲理性思考。

按例，早上是开学典礼。早晨 7:40 分左右，我们便在班主任和班干部的导引下，来到操场集合，列队迎接开学典礼。对于一个新生来说，来到陌生的学校，开学典礼无疑是进一步了解学校文化的一个重要窗口。心里充满了期待。放眼望去，全操场都是黑压压的同学。大家穿着统一的校服，阳光朝气，场面甚是宏大。我一边按照班长的指令排队，一边怀揣着激情、奋发、责任与展望未来的心态，好奇地观察着身边的同学，想象着校长和老师们的模样，也期待着从校长和老师的讲话或寄语中了解更多的高中学习方法和经验。

接受 1600 余名师生雄壮的国歌声洗礼之后，终于目睹了王治高校长本尊的风采。虽然在学校网页上我曾经看到过王校长的照片，但依然还是被鲜艳国旗下高大、青春、帅气的王校长吸引住了。和着清晨清新的微风，在褪去夏日般火热而显得温婉和煦的阳光下，远远望去，王校长如同侠客般俊朗、飘逸。心中顿时对校长平添了几分敬畏。

正当我惊讶于校长的风采时，王校长开始了他的讲话。只见他非常幽默风趣地从里约热内卢奥运会上傅园慧快乐体育的表情包、中国女排顽强拼搏的体育精神到德国制造，别开生面地开启了题为《工匠精神下的高中生活》的开学第一讲。原本天马行空、心猿意马的我，注意力一下就被校长的话题吸引了去。

工匠精神、德国制造，这些词汇我并不陌生。以前曾多次听爸妈在家闲谈时提及。但那时并没有太在意，只是当作一般的小故事猎奇般地听听，并没有把它与我的学习、生活联系起来。而今天，王校长短短几分钟的讲话，让我对工匠精神有了全新的认识。尤其是那句“不是每个人都会成为工艺制造者，但是，我们每一个人，都应时刻怀揣敬畏之心，拥有一颗‘责任、认真’的工匠之心，去极致地做好每一件事”，对我触动特别大。

可不是吗？不仅工艺制造者应如是，这也是每个人（无论你是

什么职业，什么年龄层次）都应该坚守的人生准则和价值观。科学家锲而不舍地探究未知世界，较真于每一个微小的细节，难道不是工匠精神吗？文艺工作者写好每一本书、画好每一幅画作、作好每一首曲、唱好每一首歌、演绎好每一个角色，为读者和观众呈现出更高雅、更有内涵的文学艺术作品，难道不是工匠精神吗？医生在工作实践中，不断总结、不断学习、不断精进，为每一位患者精心做好医治，难道不是工匠精神吗？教师认真研究课程教学规律、备好每一次课、上好每一堂课，关心每一个学生，做好每一个学生的成长成才引导，难道不是工匠精神吗？当然，作为学生，认真上好每一堂课，做好每一道习题，不放过任何一个知识点，不放弃每一个锻炼提高自己的机会，不浪费每一分钟时间去充实完善自己，不也是工匠精神吗？

是啊，从大的方面来说，工匠精神是精益求精、追求极致和卓越，感觉有些遥不可及。但从小处着眼，我们就会发现，工匠精神不就是王校长所归纳的很接地气的四个字——“责任”与“认真”吗？只要我们愿意，每个人都可以从现在做起，从小事做起，践行工匠精神。哪怕一辈子只做一件小事，我们都要从枯燥、简单中不断地突破、不断地精进，不断地享受每次突破和每次精进的快乐。用妈妈之前给我讲过的系统科学知识来诠释，我们每一个人，都是国家、社会这个大系统上的一个小零件，如果我们每一个小零件都能很好地承担起责任、不断改进和完善，那么，国家和社会这个大系统也就会更健康、更优良、更高效，从而又会为每一个人创造更好的生存发展空间。

想到这里，我似乎明白了校长的用意。校长一定是想告诉我们两个道理：

第一，“从来就没有随随便便的成功。”中国排球的夺冠光环背后，隐藏了多少梦想的坚持、坚守，隐藏了多少责任与担当，隐藏了多少汗水和泪水？不管结果能不能成功，都要在追求成功的道路上坚持下去、永不言弃，专注、认真且不遗余力地坚持下去。要想成就美好的未来，就必须从现在做起，成为那个愿意为梦想付出努力，甘愿忍受孤独，勇于被困难和挫折千锤百炼的人。

第二，“好知者不如乐知者。”要像傅园慧那样，成为快乐学习的人。坚守梦想，热爱学习。快乐的享受追逐梦想的每一个过程，享受学习知识的每一分钟。不以单一的应试教育为目标导向，要以“学如不及，犹恐失之”的心态去积累知识、训练思维，全方面拓展自己、锻炼自己。只要坚持了、坚守了，最后无论取得怎样的成绩，大概都可以像傅园慧那样，拿到铜牌也照样能够爽朗快乐、无愧无悔地笑谈，“我已经用了洪荒之力了！”“我已经很满意了！”“这是我历史上最好的成绩了！”

一开始我还纳闷校长为何要在我们高中第一讲上讲工匠精神，各科老师们为什么不急于教授新课呢？原来，他们是想在我们高中生活的第一天，广发“菠菜”，给我们注入学习的能量。校长告诉我

们要怀揣“工匠之心”学习，科任老师们则是想让我们进一步了解各学科及学习方法，发现并培养大家学习的兴趣、乐趣。

原来，武汉外校真的像传说中那样与众不同呢！校长讲话娓娓道来，把如何应对高中生活的学习态度从小处寓于奥运轶事，从大处寓于当前国家所推崇的“工匠精神”，没有一个“你们应该”、“你们必须”的训诫词汇，却留给我深深的思考、自我的鞭策和笃定的责任。也许，这就是武汉外校的魅力所在。

想到这里，我的心中再次为自己身为一名外高人而感到庆幸和自豪。对王校长口中“每天都有不一样的精彩”的外高生活充满了期待……

责任、认真，好学、乐学！

老师们，你们的讯息，我收到了！

加油！ Fighting！

小雨感言：实现梦想的最好方式就是做好身边每一件力所能及的事，做最好的自己。

2016年9月2日 星期五

奶奶驾到

沈阳姑姑的儿子，我的表哥，今年考上了武汉大学。过几天就是开学报到的日子，爷爷奶奶也会陪着姑姑、姑父一起到武汉送表哥去报到。这原本不是什么了不起的大事件，但对于妈妈来讲，一反常态，犹如摊上大事儿一般，严阵以待。

7月上旬，妈妈一放暑假，就带队到外地调研。据说十几天的时间走访了广东十几个市，二十多个区。每天舟车劳顿，马不停蹄。身体瘦弱的她被折腾得够呛，再加上出差之前感冒咳嗽未愈，待到月底返程回家时，黑瘦到几乎无法直视，咳嗽也愈发严重了。

可屋漏偏逢连夜雨。本就疲惫不堪的她，在走出电梯一刹那，便受到了心灵重创。我和爸爸露在门外那两颗胖嘟嘟的一大一小脑袋带给她的震惊，成为压垮她的最后一根稻草。只记得那天，她冲进家门换上鞋，来不及跟我深情拥抱，也来不及洗手，就立刻找来体重秤放到客厅中央，拉着我和爸爸过秤。结果，天哪！怪不得心

细的妈妈会受到打击。原本就属于“微胖界”的我和爸爸，居然在短短半个月的时间，分别长胖了 8 斤和 10 斤！我们居然能平均每天长半斤肉！直接晋级“胖界”了。我和爸爸怎么就一点儿都没察觉呢？这段时间没有妈妈在家管着，我和爸爸惬意着呢，每天想吃吃，想喝喝，管它是不是垃圾食品，幸福指数爆表。可谁曾想到放纵的代价是如此惨重？我跟爸爸自觉理亏，极度逢迎谄媚，嘘寒问暖，但依然未能减轻对妈妈的打击。以至于妈妈咳嗽加剧，在相当长一段时间里彻夜咳嗽难眠。

而就在这期间，表哥的录取结果下来了。虽然高考不甚理想，与梦想的清华无缘，但好歹也考上了排名很靠前的 985 高校。即便家人都有些失落，但也是值得庆贺的一件大喜事。为了以示隆重，慰藉表哥落寞的心，不喜长途跋涉的爷爷奶奶也决定陪同女儿女婿，亲自护送外孙来武汉。

接到姑姑电话时，虽然妈妈的咳嗽依然很严重，人也更消瘦了，但是爸爸妈妈却都非常高兴。爷爷奶奶因为不习惯南方的天气，也坐不了长途车，鲜少来武汉看我们，总是我们回东北老家看望他们。今年暑假我中考结束，原计划我们一家三口是要回东北的，但因为我腿伤未愈，坐轮椅不方便，也怕爷爷奶奶知道我腿受伤的事而担心，就没能成行。姑父姑姑能带着爷爷奶奶过来，自然是一件求之不得的事。

也正是姑姑这通电话打破了家里的平静。原本按照医嘱，每天治疗、静养的妈妈，居然开启了一种全新模式。首先是“扫扫扫”模式。每天一大早起床，以蜗牛般的速度，全方位无死角的极致态度，开始了无休无止的清洁大扫除。

不是我夸我妈妈，这么多年我可从来没有发现过我妈妈这么勤劳勇敢过。妈妈自参加工作以来基本都是外婆帮忙操持家务。外婆非常能干，住的地方离我们家步行不到 5 分钟。从来无须爸妈插手，爸妈也无从插手，一切全由万能的外婆搞定。他们只要不给外婆添乱就好了。后来，外婆年龄大了，爸妈觉得不能再要老人辛苦了，于是不顾外婆反对，强行让外婆卸任。为了接替外婆的家务工作，爸妈商定了个君子协议：爸爸负责买菜做饭，妈妈负责打扫卫生，整理内务，洗衣熨衣。

记得当时爸爸还背着妈妈偷偷跟我炫耀，说他如何聪明，挑到了简单活。还戏谑妈妈笨，上他当了。原本确实如此，因为那时我刚上初中，周一至周五每天中餐、晚餐都在学校食堂吃。妈妈工作上出差多，几乎有一半的时间都不在武汉，而且单位来访特别多，即便在武汉也鲜少在家吃饭。至于早餐嘛，我们家人都很简单，几乎都是买现成的牛奶果汁、蛋糕面包之类的，最多煎个鸡蛋，做个三明治，或者头一天晚上用“隔水煮”熬点粥。大多数时间，只要爸爸自己随便对付点就全家不饿了。所以，对于爸爸来说，需要承担的家务不过就是周末我在家吃饭时，做几餐饭而已。这样看来，确实好像没爸爸什么事儿，妈妈好像真的是被爸爸忽悠了。

然而，故事的结局出乎预料。做卫生，妈妈请了钟点工。妈妈在很短的时间之内，就高效地请同事介绍了一位非常负责、能干的钟点工阿姨，每周来家打扫一次卫生，以至于妈妈一次卫生也没做过；洗衣，有洗衣机代劳或送干洗店，需要手洗的衣物少之又少；整理内务，妈妈巧用“谁搞乱，谁整理”规则规避了责任。至于熨烫嘛，一周集中一次搞定。也就是说，估计妈妈一周加起来的家务时间不超过两个小时。相形之下，爸爸买菜做饭一周怎样都不只花费这些时间吧。哎，我那可怜的爸爸，像只泄了气的皮球，投机不成，还得惨遭我的嘲笑。

总的来说，这就是我妈妈，她呀压根儿就没打扫过卫生。每年整理两次衣帽间换季衣物，都是我家最乱象的时候。通常她都会选在她意气风发，能量爆棚的时候开启这项工程，但通常折腾不到两小时，且每每都是把东西、衣物散落得满客厅都是的时候，她便会能量耗尽，功力尽失，败下阵来。往往是搁置一两天后，不是爸爸看不过去给收拾了，就是外婆帮她打扫战场。所以，这次她破天荒地提出全面大扫除，谁能看好？

记得那天，当她用孱弱的气息（因为咳嗽太久，那期间常常气短胸痛）把宏伟的计划提出来后，我乐了，不怀好意地看向爸爸。爸爸急得赶紧婉言相劝，几乎用尽了所有外交辞令和甜言蜜语。妈妈却置若罔闻，一意孤行。妈妈就是这样，只要是她认定的事，可不是随便什么人都能说服的。爸爸惨了哦！

妈妈决定首先打扫我的房间。在她开始打扫后，我趁妈妈不注意，把爸爸拉到书房聊表安慰。有一半出于真心，有一半出于揶揄。“她那三板斧，以她目前的体力，最多也就坚持一小时。您充其量也就是给她收拾一个房间的烂摊子，明天估计她连开工的力气都没有了。”

爸爸提出，“如果我今天不帮她善后，是不是更有效？”

乍一听我觉得很有道理啊，但转念一想不对，那不是我的房间吗？如果爸爸不给帮忙收完，我晚上怎么睡觉？我正琢磨的时候，爸爸眼神里闪过的那一抹不经意的讪笑提醒了我，爸爸在这儿给我挖坑呢。肯定是报复我刚才的幸灾乐祸，真是睚眦必报！

正当我准备声讨爸爸的时候，隔壁传来妈妈呼唤爸爸帮忙的声音。我们赶紧跑过去一看,我的天哪,妈妈真牛！不知她哪来的力气，居然把我床边两个书架都给挪开了，书和娃娃们散落在窗台和琴凳上。放置书架的地板上堆积着的那一层厚厚的粉尘格外醒目！妈妈一边催促我赶快学习去，一边指挥着爸爸挪床、擦灯……

就这样，不知不觉过了一整天。妈妈并没按我和爸爸设想的路线走，直到晚上十点，我准备洗了睡时，妈妈还在忙碌。待我走进卧房，黑色的琴身在灯光照射下显得格外的耀眼。透过窗户，看到阳台上悬挂着钢琴布罩，还有那些刚刚洗过澡的布娃娃们。一个个清新靓丽，怡然自乐。我兴奋地躺在舒适的床上，刚刚洗过的窗帘和洁净的床单被褥散发出阵阵洗涤剂的清香，好闻极了。天花板上

的橘色装饰吊灯，因为抹去了灰层，投射出的橘色光线也更加明亮柔和。就连床头柜上摆放的几件小装饰品也焕然一新，神采飞扬。

我真不敢相信眼前看到的一切！是妈妈做的吗？就在这时妈妈进来了。今天本是例行“大卧谈”的日子，妈妈抱歉地说：“宝贝，我们把‘大卧谈’换到明晚吧。今天打扫卫生太投入忘了时间，身上都是粉尘还没来得及清洗。”

说完妈妈亲了亲我，道声晚安，准备关灯离去。我忍不住赞美道，“妈妈，您太厉害了！打扫得超级干净，连房间空气都变得清新了。谢谢妈妈！”

听到我的赞美，妈妈得意地笑了，也许是过于得意的缘故，诱发了一阵长长的咳嗽，好半天才平复下来。妈妈咳得满脸通红，脖子粗了好大一圈，青筋清晰可见，喘着气应答道，“那是当然！妈妈是谁？要么不做，要做就要做到最好。世上事最怕认真二字，妈妈连地板都擦了五六遍呢，可都是蹲在地上用抹布擦的哦。你看那个灯，我可盯着你爸爸擦了好几遍呢。只要我们家小公主满意就好！”

说完，妈妈又发出一串轻微的咳嗽，勉强屏住呼吸关了灯转身离去。看着妈妈瘦弱的背影，听着一声声渐行渐远的咳嗽声，我突然眼眶一阵发酸，强忍着眼泪，大声说道：“妈妈，我爱您！”

妈妈习惯性地应答，“妈妈也爱你！”

也许是太劳累的缘故，妈妈居然没察觉出我声音中的沙哑。

第二天，妈妈的腰累得实在是直不起来了，没再继续她的冲动。

我和爸爸以为这事儿算是完结了，可没想到，休息两天后，妈妈又继续开工了。这次爸爸与之前态度完全不一样。以前妈妈叫帮忙，他总是半天才应答，爱理不理的，作不情不愿状。而这次却像换了个人似的，变成了主动、殷勤“求派活”状。他被妈妈差遣着一会儿出门买灯泡，一会儿出门买拖布，一会儿搬柜子，一会儿擦灯。总之，爸爸那极致的温顺状，让我几次忍不住想笑。

就这样，妈妈做做停停，花费了半个多月的时间，终于完成了这项浩大工程。最令我觉得不可思议的是，连妈妈过去最为头疼，且从来都是有始无终的衣帽间整理也全都由她亲自完成。这次大扫除的力度可以说是我家有史以来最为彻底的一次了，每一个犄角旮旯都没放过。虽然时间跨度长了点儿，但确实实现了妈妈提出的全方位、全覆盖、零瑕疵工作目标。估计比初装修入住时都要彻底洁净。

接下来妈妈就进入了疯狂的“买买买”模式。先是带着爸爸去家居市场，想挑选一些装饰品和灯饰，结果不是因为不好看，就是因为价格太贵，没能如愿。在同事的建议下，从不网购的妈妈，也学会了网购。几天下来，在唯品会上买了四五个带花束的装饰花瓶，两个台灯。除此之外，大到床上用品，小到连筷子、碗碟、拖鞋都不放过。那一个多星期，爸爸所做的事情就是不断下楼取包裹。你还别说，家里添置了这一堆东西，换上崭新的床单被套，真有点旧貌变新颜的味道。就连外婆来我家，目睹了焕然一新的家，都不敢相信是妈妈做的。赞赏得连连跷起了大拇指！

妈妈这一举动，搞得钟点工阿姨有些诚惶诚恐，直到妈妈解释是因为公公婆婆马上来访，她才释然。好奇淳朴的阿姨擦拭书房窗户时，忙不迭地追问我，“你爷爷奶奶是哪里人？干什么的？是不是当大官的？”

阿姨的问话内容令我觉得特别突兀，“阿姨您为什么觉得我爷爷奶奶是当大官的？”

阿姨很愕然，“不然是做大生意的？否则你妈妈那么优秀、忙碌，从没见她做过家务，这次为什么病着还费那么大心思打扫卫生、整理房间？”

我一听笑了，阿姨的想法可真怪。赶忙解释道，“我爷爷奶奶是东北农村的普通农民，不是什么大官，也不是做生意的。”

阿姨听后瞬间石化了，站在窗台上半天没回过神来，刚刚还在窗户玻璃上强劲有力地上下飞舞着抹布，一刹那间动也不动了。大约十余秒后回过神来，自言自语地嘀咕道，“不可能吧，又不是新媳妇？平常家里已经很干净了！”

她的反应令我很是费解，但鉴于她只是自顾自地说话，我不好再作解释。于是就没再多想，埋头做作业了。过了好一阵，她打扫完书房，离开之前，突然无比感叹和崇拜地对我冒出一句话，“你妈妈真是个了不起的女人！”

搞得我丈二和尚摸不着头脑，阿姨今天怎么啦？无意间抬头发现，今天阿姨的窗户擦得也太干净了吧，看着窗外的蓝天白云，几乎都感觉不到隔着层玻璃。

直到那天晚餐时间，我把下午阿姨莫名其妙的赞美转达给妈妈的时候，一旁的爸爸才帮我解了谜团。原来一般人认为，只有在接待地位或财富强势的公婆时，儿媳妇才会这样刻意逢迎。像我家爷爷奶奶一无所有，老家条件还远不如我家，自然无须准备。爸爸才没解释几句，妈妈就打断了爸爸的话，“别把孩子教坏了！婆婆就是婆婆，什么穷婆婆、富婆婆的？有什么差别，都是你爸爸的妈妈，都是你奶奶。记住，人得要有感恩之心，敬畏之心，不要学得世俗。”

妈妈咳嗽了一声，接着说道，“我们不在爷爷奶奶身边照顾，他们难得来一次，我们得让他们看到我们过得挺好的，让他们放心。而且我们做晚辈的，应该拿出最大的热忱去迎接他们。他们在农村，把你爸爸和几个兄弟姐妹养大，都送上大学非常不容易。”

其间爸爸不停地点头附和着。明明看他很感动的样子，却故意来了一句今年流行经典，“妈妈说得对呀！”把那份难得萌发的脆弱成功粉饰了过去。不过，还是情不自禁地凑到我耳旁赞了一句，“你妈妈真的很大气！”脸上满满都是真诚，全然没有平日里那般浮夸。

万事俱备，只等爷爷奶奶的到来了。这时也到了新学期开学的日子，妈妈、爸爸和我，陆续进入到各自的忙乱中。因为每天相聚时间很短暂，基本无暇提及每个人的事情，即便偶尔提及，也都只是匆匆带过。好在妈妈的咳嗽已经痊愈，我的腿伤也恢复了很多，走少量平路全无障碍。不知情的人根本看不出来，继续瞒着爷爷奶

奶绝无问题。天气也渐渐转凉，一切都朝着好的方向发展。

爷爷奶奶到来的日子转瞬即至，明天晚上九点多钟即可抵达天河机场。大家都有些小激动、小紧张。晚上，爸爸从学校接我回来的路上，一路都在给我讲他小时候的故事。回到家时，妈妈也刚加班回到家。爸爸一见到妈妈就迫不及待地问明天的接站安排。刚一开口，妈妈就从包里拿出几份非常精致的用粉红色纸张制作的《来汉日程安排表》。这不是妈妈以前接待重量级来访领导做的接待方案吗？我以前在妈妈车上见过。

我和爸爸各自拿了一份打开一看，里边的内容把我俩同时惊呆了。好家伙，妈妈竟然把他们一行五人来汉八天的安排，从接站到送站，从住宿、用车、用餐、到陪同人员及电话都一一作了明确安排。并细化到每一个时间节点，精确安排了具体行程、活动项目。有参观游览武汉大学及武汉市风景名胜项目，有品味湖北美食、文化项目，有家庭聚会项目，还有舅舅、表姐做东宴请等项目。里面不仅考虑到了爷爷奶奶的行程，又考虑了姑姑和姑父要帮表哥办理入学手续、熟悉校园、参加家长会等行程；还考虑到爷爷奶奶以前好多景点都去过，尽量安排了些不重叠、有新意的项目。总之，对他们一行五人的行程安排有分有合，井然有序，周到得滴水不漏。连参观路线、外出用餐酒店包房都有明确标识。连外婆、舅舅、舅妈、表姐都加入了接待服务军团。大家身份不断随着接待的需要而转换，时而司机、时而导游、时而厨师、时而宴会主人。更有甚者，有半天的活动妈妈还拜托了舅妈请假陪同。当然外婆是全陪。我呢，也有任务，就是 9 月 10 日晚上家人提前中秋聚会上，我要进行一小时的钢琴、声乐专场才艺汇报演出。

因为爷爷奶奶这次来汉时间恰巧是新学期开学爸爸妈妈特别忙的时候，而且除了外婆不上班外，所有的人都要忙工作或学习，妈妈担心无暇顾及，忙中出乱，冷落或者没有照顾好爷爷奶奶。只好制订接待方案，大家分工合作，职责明确。除非突发事件，所有参与接待的人都按方案行事。这样接待人员相互间也用不着电话确认行程，最大化提高接待效率和质量。

看完安排，爸爸再也没忍住，感动得一塌糊涂。看得出来，他最开始的紧张和担忧消失殆尽，取而代之的大概是满满的幸福和踏实感。以他那大大咧咧的性子，想都没想过要做如此周到细致的安排，不感动才怪呢。

只可惜妈妈全然不觉，没等爸爸反应过来，转身就进卧房开始洗漱了。要是妈妈在客厅再多待一会儿，估计爸爸就要用行动来表达他的谢意了。或许在妈妈眼里，这不过是一件平常得不能再平常的事。没什么值得大惊小怪的，并没期待爸爸的赞许和感谢吧。想到这里，我不由得在心里给妈妈点了一个大大的赞！

小雨感言：朴实的行动胜于世上一切优美的语言。

2016 年 10 月 1 日 星期六

庆祝国庆

今天是国庆日，是祖国第 67 个生日。67 岁，按照中国习俗来说，本算不上是特别重大的日子，但对于我来说，却成了我 15 年来最为特殊的一个国庆日。

本来，今天是国庆节休假的第一天，妈妈是允许我睡到自然醒的。但清晨六点左右，我便在睡梦中醒来，脑海里第一时间浮现的就是昨晚妈妈与我卧谈时所说的话。

从我有记忆开始，“卧谈”就成为我和妈妈每天临睡前必做的事。妈妈只要不出差，不加班，哪怕是她生病了，也都会坚持在我睡前和我一同躺在我的床上，搂着我聊会儿天。“卧谈”的内容很随意，想到哪儿，说到哪儿。妈妈最感兴趣的话题就是，我今天在学校开心吗？有什么有趣的事发生吗？所以，我们“卧谈”最多的话题就是我学校的见闻，学习的感受等。当然，妈妈也常跟我讲述一些他们单位的趣事、工作体会、人生感悟或者她从网上看来的各类新闻等。有时尚类的、励志类的、科技类的，当然也有搞笑类的，总之是五花八门、天马行空。

现在认真想想，其实很多见识都是来自于卧谈时妈妈所讲述的事。比如说，孟子《道德经》中的上善若水；管理中的“日清日结，日结日高”；马云的“梦想是要有的，万一实现了呢”；华为总裁任正非七十多岁高龄，出差依然轻车简从，不要助理跟随，不要分公司接送，自己打出租车的故事；乔布斯以用户体验为本，追求产品极致，创建“苹果”王国的故事。每每躺在妈妈的怀里，透着窗外幽暗、柔和的路灯光，看着天花板，和妈妈聊着彼此的心事，满满都是幸福。后来，到了初三，因为学习任务繁重的原因，为了保障我的睡眠，我们的卧谈不得不演变成每周周末晚上一次“大卧谈”，平日里，就简化为“小卧谈”。“小卧谈”有时会简单到仅仅只是拥抱着简单问答一两句。比如，问：“今天开心吗？”答：“开心。”或者是问：“今天累吗？”答：“还好。”然后，互相亲吻，互说爱你，互道晚安，就结束了。虽然看起来简单，但绝非“例行公事”，绝对不可以省略。因为这已经固化成为我和妈妈每天的习惯，日常生活中的重要组成部分。

说到这儿，你一定会认为我妈妈是一个时刻关注我学习、生活的人。如果你这样认为，那就大错而特错了。用外婆和妈妈同事、朋友的话说，我连吃什么长大的，妈妈都不知道。别说管我学习了，连我外公外婆把我送去上小学一年级时，我爸妈居然是一个月后才

知晓此事。他们俩整天忙自己的学业、工作，完全没工夫管我的学习和生活。这不是说他们不关心我。爸爸虽然基本不管我学习，但一有时间就给我买好吃的，陪我玩；妈妈虽从不陪我做作业、辅导学习之类的，但她会给我做培养方案，定大的学习方向。只不过小学五年级前，她的方案里基本只有素质培优。为此，以前我的好多同学都羡慕不已，嚷着要跟我换妈妈呢。所以“卧谈”想必就是妈妈用来表达她对我的爱、关心我、教育我的一种方式吧。

昨晚，按例是我们“大卧谈”的日子。妈妈和我像平常一样，22：30洗漱完毕后，便躺在床上开始了我们的“卧谈”。话题由下午妈妈在单位主持召开的国庆庆祝大会开始。妈妈告诉我，这次大会是妈妈在几天前提议召开的，形式较往年更为隆重。虽然每年国庆前夕都会召开，但今年她的感受较以往有很大的不同。这还得从前几天她在网上看到的一则新闻说起。那是委内瑞拉的一名中产阶级家庭的母亲飞到美国，看望留学的女儿和采购卫生纸等家庭必需品的真实故事。故事大概所讲述的是，委内瑞拉经济大萧条，导致国内物价横飞，生活用品奇缺。商店里货架常常空荡荡的，这位母亲和家人已经有七八个月，连上厕所用的卫生纸都没有。当她来到美国，走进超市，看到货架上琳琅满目的商品时，不禁泪如雨下。妈妈告诉我，虽然之前她早已关注到委内瑞拉国家发生经济危机的新闻，但看到这则如此具体的经济危机下普通老百姓的真实生活描述时，她依然震惊了。

这种震惊和触动，较她近年来去欧洲所看到的衰败现象更甚。记得去年她去欧洲一些国家出差回来，告诉我法国火车站附近街头的脏乱差和各类游手好闲的年轻人云集，地铁站等公共设施没钱维护的残破；葡萄牙老城区核心街区楼房大面积空置，犹如废墟一般。与她印象中欧洲国家繁盛的景象大相径庭。这些高福利国家、悠闲的生活方式难以为继也就不足为奇了。

妈妈出生于上世纪70年代中期，用她的话说，是比较幸运的一代人。见证了改革开放三十年多年来我国经济飞速发展、老百姓生活水平不断提高的全过程。从小时候骑凤凰牌自行车上学、到工作后买第一代木兰轻骑摩托车，到换小轿车；从小时候的黑白电视机、冰箱、电扇，到后来的彩色电视机、智能冰箱、空调；从小时候在邮局打公用电话、到BP传呼机、到模拟手机、到智能手机；从小县城通过高考，上了大学，独自打拼，在省城立了足，成了家；从小时候的小平房、到单元房，再到现在的高楼大厦;从早些年出国，老外看不起中国人，到现在客气、尊重，甚至商场到处都有会讲中文的售货员……个人生活在变化，城市建设在日新月异，国家在蒸蒸日上。这一切的一切，令她那个年代的人幸运无比，享受着国家发展的红利，感恩于经济的发展、国家的富强。因此，她非常的爱国，在工作中兢兢业业，享受着工作中的每一份成功与喜悦。

但她毕竟没有经历过战乱、社会普遍性的贫穷，虽也常居安思危，但对于国家出现危机的后果确实还没什么太多感受。这则委内

瑞拉的新闻，真切地触动妈妈内心深处的那根弦。妈妈告诉我说："你们生活在更好的时代，国家给你们提供了更好、更多元的生活方式和学习、成长、发展的空间。你一定要记住，国家强盛，我们的幸福生活才能得以为继。你能想象七八个月连卫生纸都没有的生活吗？所以，你要感恩现在的国泰民安。好好地热爱我们的国家，她才是我们生存、发展最大的依靠。明天是国庆日，我们要一起诚挚地祝福我们的国家越来越富强！以后每年的国庆日都要成为我们感恩国家的重要日子。"

妈妈讲述时，非常的兴奋和快乐。反复对我强调，看看战乱中的中东、非洲，看看委内瑞拉，我们是多么幸福和幸运！她对国家的那份感恩和热爱，是我见过的最真挚的爱国宣言，没有半分的伪饰和矫情。因为她是我的妈妈，这只是在母女私下"卧谈会"上讲述的内容，并非公共场合，无须伪饰。妈妈的话深深地打动了我。这一晚的"卧谈"，使我对于祖国、国庆日的认知，达到了新的境界。

清晨醒来，这些话再一次清晰地闪现在我的脑海中。满满的幸福感令我睡意全无，神清气爽。看看时间，刚刚 6:05 分，起身洗漱，准备迎接新的一天的战斗——全身心投入学习。梁启超先生不是说过"少年强，则国强"吗？

今天，我学习得特别认真。

晚上，和爸妈还一起观看了新闻联播。观看了其中包括香港、澳门在内的祖国各地举行的升旗仪式。听着雄壮的国歌、看着冉冉升起的五星红旗，心里有种莫名的激动和自豪。

庆幸我是中国人!

小雨感言：我爱我的祖国，我爱我的妈妈!

2016 年 10 月 5 日 星期三

学习辛苦吗？

按计划，今天是我这个国庆假期唯一可以自由支配，全天娱乐的日子。妈妈根据我的喜好精心准备了好几套家庭娱乐活动方案供我选择，外婆也早早地来到了家里，准备一同加入。

也许是受国庆日教育的影响吧，这个假期我似乎淡忘了放假前妈妈谈及国庆休息日给我一天特别假期的兴奋和快乐，甚至淡忘了心中默默策划了 N 遍的系列“放纵”计划。早早起床，开始背诵托福单词。当妈妈和外婆打断我，征求我的意见时，我一时愣住了。她们兴高采烈的样子，竟像是孩童即将要去游乐场一般！我下意识地避开她们期待的眼神，弱弱地应了声：“啥都不用干了吧，我还有好多学习任务没完成呢。”

接下来可想而知，她们的表情很是复杂，有些许诧异、些许高兴、些许感动，还夹杂着些许失落。转瞬便轮番劝说，希望我能出去放松一下，但均无果。我可谓是心意已决，愈劝弥坚。她们只好作罢，悻悻地离开书房。

不一会儿，就听到了外婆在客厅里低声抱怨。大意就是埋怨妈妈给我压力太大，学习负担太重，搞得我太辛苦了。妈妈真是百口莫辩。

学习太辛苦！从小到大，这句话常在我耳旁响起。小学时期，虽然没什么太多文化课程的培优，但业余时间安排还是挺多的。周末几乎被钢琴、舞蹈、绘画、游泳占满，平日里每天还要练习一小时钢琴。为此，外婆常常摇头叹气，觉得妈妈搞得我太辛苦。表哥、表姐甚至还痛心疾首地认为我妈妈太残酷，剥夺了我的童年。我的家人如是说，别的家人也如是说。我常在不同的场合听到不同的人发出类似感叹：现在的孩子太辛苦了，学习压力这么大！

学习辛苦吗？每每这时我都会觉得诧异。是什么原因让人觉得学习辛苦？是在初次接触学校学习生活时，学校的规矩、规律打破了原有自由自在、无拘无束的幼儿快乐生活模式？是这些“桎梏”他们自由的课堂学习形式令他们觉得辛苦，还是学习知识本身令人辛苦？抑或是大人们由于爱子心切，爱孙心切，常常不经意间透露出学习辛苦的观念误导了孩子们，让他们觉得辛苦？

我曾经在小区电梯里遇到一位和蔼可亲的老人，怜惜地指着同乘的另一位老人手里牵着的手舞足蹈的小孙子说，“也开心不了多久啦，再过一年就要上小学了吧？一上学就辛苦了哦。”说着停顿了一下，眼睛望向了我，面部表情变得有些凝重，眼睛里透露出的怜惜

也明显增添了几分，接着便悠悠呢喃道，“就要像这位姐姐一样每天背着重重的书包，早出晚归，辛苦学习了！现在的娃真是可怜哦。”说完摇摇头，叹了口气。表情有些无奈与伤感，甚至还有些愤愤然。

妈妈也曾就这个问题问过我，征询过我的意见。我的回答是不辛苦，这让妈妈觉得很欣慰。这样回答并不是违心地逢迎、敷衍妈妈，我确实没觉得辛苦。学习本就是人的本能，从生下来学习吃饭、走路、说话，从对光、色彩、声音的感知开始，不断地以好奇心自觉或者不自觉地学习，融入这个世界，探知这个世界，直到离开这个世界。所以，在我看来，学习是件很快乐的事情。涉猎新的知识，了解新事物，掌握新技能，本就是小孩子懵懂无知本能探索世界的最有趣的游戏。类似钢琴、舞蹈、声乐、绘画、游泳之类的各种学习，与看电视、玩游戏、逛游乐园，甚至是外婆常怀念的玩泥巴并无两样。只是前者更讲求计划性、专业性、持续性，而后者更随心所欲而已。它们对于成长成才却有全然不同的价值和意义。前者会内化为素质、涵养，转化成能力，终身受益。而后者充其量只能成为美好的回忆留存在记忆深处。

这就像妈妈常跟外婆辩论的观点，孩童时期不同娱乐活动，所反映的是社会的进步，时代的变迁。不能因为过去小孩子没那么好的条件，爸爸带去学游泳，“半桶水”的爸爸把你丢进水里，让你随着本能找到平衡，浮在水里，学个狗刨，胡乱游去，就叫亲子娱乐；而现在条件好了，爸爸给你找个专业游泳教练，一招一式按专业化标准来要求，最后学成优美的蛙泳、自由泳、仰泳、蝶泳，就变成了不是休闲娱乐，而是辛苦的学习了。过去没条件，家长买些蜡笔、纸张随你涂鸦，叫放松；现在条件好了，送你去专业画室，老师带着你涂鸦、表达色彩、创意构图、进行线条明暗的训练，就变成辛苦的事了。其实，两者的实质都一样，都是在学游泳、学画画，同时也都是在娱乐，但其结果却大不一样，同样一小时的付出，后者的收获显然要大得多。

记得那一次妈妈听了我的回答后，除了给我一个响亮的吻和紧紧的拥抱外，还语重心长地跟我讲了一些大学生学习分化的故事，其中包括某市高考文科状元在大学毕不了业的故事。那时我还小，但妈妈讲的话却印象深刻。妈妈说，我们不能盲目地责备那些高分考上大学，却不能毕业的学生。其实，归根结底，是他们从小接受的关于学习的认知出现了偏差惹的祸。因为所有孩子刚出生时都如同白纸，对事物的认知都被社会或长辈先入为主地给添加了主观色彩，定了性，类似于余秋雨先生所讲的文化引领吧。孩子出生后所看待的世界，所认识的事物，也许并不是世界和事物本来的样子，而是周遭人们眼中的那个世界、那个事物。他们对于学习的认知，显然也被大人们定了性。

首先，学习被涂上了强烈的功利主义色彩。为了好的前程，勇挤高考“独木桥”，考上好大学是必经之路。

其次，学习被裹上了“很辛苦”的人文主义关怀糖衣。于是乎，

学习在孩子们幼小的心灵里，便变成了有着迷人色彩、表面裹着糖衣,里面却是苦不堪言的良药。良药虽苦,但能治病啊。没人想吃药,一旦生了病却都不得不吃药。

有了这样的潜台词，可想而知，受到这种观念教育影响的孩子们，在幼小的心灵里，会把学习看成是怎样一件事？探知未知世界的学习的本能快乐性,也许就在这一声声“学习太辛苦”的殷殷关切,和一声声“十年寒窗苦读，换来金榜题名后一生的安逸”、“小时候不吃苦不学习，长大后辛苦一辈子”、“现在辛苦 12 年，换来一生不辛苦”的切切嘱托中，慢慢消融殆尽。剩下的唯有责任，唯有用崇尚美好生活的坚强意志力或者外界的强制力来敦促他（她）发奋学习。只是在这个拼搏、奋斗前彼此都默契地加上一个期限——高考。高考不仅成了他们“鲤鱼跃龙门”的机遇期，同样也是摆脱辛苦学习现状的生死线。

于是乎，这就有了妈妈先前所讲的故事结局。那么高的分考进一流大学，居然每年都有近 10% 的大学生不能顺利毕业。你能说全是他（她）的错,而不是从小给他（她）灌输错误学习认知的人的错？是谁告诉他（她），辛苦 12 年，考上大学就解脱了？

学习也许就是这么“被辛苦”的！正如妈妈所说，学习这件事本身并无情感体验。是有情感体验的人用主观的，固有的价值判断决定了它的取向。即热爱学习的人，在学习时，所感受到的是涉猎新知识的快乐，攻克学习难关的成就感；觉得学习辛苦的人，在学习时满满的都是无奈和煎熬。这正如一个浅显的道理，同样一个下雨天，不同心情和身体状况的人听到雨敲打窗户的声音，会有截然不同的心里感受。有人觉得像乐曲般动听，有人则认为是难以忍受的噪音。是雨本身含有不同的情感才给予人们不同的感受，还是有不同感受的人赋予了雨以不同的情感？答案显而易见。

话说回来，何谓辛苦？看看爸爸妈妈，他们每天一边为了工作加班加点，一边还要照顾我，一年到头连电视都很少有闲暇看，他们不辛苦吗？学习辛苦，工作辛苦，抚育孩子辛苦，赡养老人辛苦，买菜做饭辛苦，没钱买菜做饭忍饥受冻也辛苦，没有选择辛苦，太多选择也辛苦……如此说来，世上就没有不辛苦的事了。

每天与其如此辛苦地活着，不如换种角度，换种心情看世界，也许生活就不一样了。学习到新知识很快乐，工作取得成效快乐，陪伴老人孩子享受天伦之乐也很快乐……

所以，拜托千万别把学习这种平常事，当作是什么了不起的事，冠之以“辛苦”的名号灌输给我们。让我们在不知不觉中，把坚持认真学习当成了不起的行为，把厌恶学习当作理所当然。学生的天职就是学习，别用错误的价值观误导了年幼的我们。如果一定要灌输，那就请灌输“学习是件快乐的事”吧。

小雨感言：学习不是件什么了不起的大事，不过是孩童时期的我们普通的日常生活罢了。

2016年11月13日 星期天

惨烈的期中考试

对于刚刚过去的三天期中考试，“惨烈”二字无疑是最为贴切的形容词了。作为新高中生活的第一次考试，这次考试无疑具备里程碑的意义。大家都是来自于武汉市不同初中的佼佼者，在初中的学习生活中，都曾有过不同的辉煌。来到这样一所名校，大家褪去昔日的光环，摩拳擦掌地站立在更高水平的竞技者中间，仰望着高中学业新高峰的挑战，心中不免有些雀跃、有些期待，同时还有些忐忑、有些彷徨。

对于一个初中母校仅寥寥数位昔日同窗共赴这所学校的我来说，心里更是全然无底。再加之武汉外校不同于其他高中，特别强调素质教育，别的高中都有周考、月考，每迈出一小步，都能清楚地知道自己的学习效果在同校同学中的位置。而我们只有期中、期末考试，大多数课程开学至今连场小测验都没有。所以，高中生活两个多月过去了，究竟情况如何，全凭这次期中考试见分晓了。我想，同学们一定都跟我一样，在内心深处都暗自较着劲，希望在这 1/12 的赛程里，能够尽可能地赛出好一点的成绩，给自己高中学习生活一个好的定位，一个好的开局，一个好的预期。

然而，事与愿违。三天的考试犹如炼狱一般，五味杂陈。从第一天的政治、物理、语文考试开始，我的心便逐渐冰冻。因为“蛙声一片”，大家都叫苦不堪，一丝侥幸心理才让我略微平复。

“也许是学校故意给我们下马威？”

“后面几门兴许会好些？毕竟这几门课对于我来说都不算是优势科目。”

带着这点期许，奋力迎战了第二天、第三天。认真对待每一门课程考试，周而复始地回转在“失落——期许——失落”中。直到最后一门生物考完，才彻底死心。

记得周五考完试拖着疲惫不堪的身体回到家，倒头便睡，直到晚上八点才被叫醒吃饭。看着妈妈心疼的眼神，我的胸口愈发闷堵，下意识地逃避妈妈关切的目光。饭后爸妈问起考试情况，我不置可否，好在他们也没逼问。妈妈只是轻描淡写地说了句：“没关系，无论考得怎样，爸爸妈妈都爱你，你都是我们的宝贝儿！”也许他们从我的表情已略知一二，但我想他们无论如何也不会想到会差到如此程度。以前的考试，最多只是一两道难题觉得没把握，或者只是因为疏忽搞错，而这次没把握的就一大片，好多题型压根儿就没见过。这次算是真的“烤煳”了，全然颠覆了我的考试观。只是周六

就是老爸的生日，我也不好把这样的负面信息抛给他们，影响爸爸妈妈的心情，能拖过一天算一天吧。

从周六开始，成绩陆续地出来。

为了爸爸的生日，我强装笑颜。

越是如此，我越觉得愧疚，爸爸的生日，我以这样的成绩回报，情何以堪？“智学网”每一条新成绩上线信息提示，都成为对我脆弱心灵的最大冲击波。既渴盼，又害怕。强迫症似的一次又一次点击，一次又一次期盼，一次又一次伤心。我在心里上百次祈祷，下一门再好点儿，哪怕是有一门高分，也可以为爸爸生日献礼！再虔诚的祈祷似乎都不管用，“噩耗”接踵而至，就连我最拿手的数学也以“完败”告终。

因为期中考试阅卷的缘故，这两天学校没课。我原本做了一系列学习计划，但因心绪不宁，也都作罢。难得有大把自由时间，却长得令人窒息。无奈，只好大肆地昏睡，或者没完没了地附着在钢琴旁弹奏乐章、练习声乐，以作疗伤。这种混沌状态，一直持续到今天最后一门政治成绩的上线。随着分数映入眼帘的那一刹那，我最后仅存的一丝念想和希冀也彻底破灭了。使得我那颗早已冻成冰疙瘩的心，“哐当”一声坠落到了谷底，化作一地的冰碴儿。久久的，我才缓过劲儿来，硬着头皮，鼓足勇气去捡拾那已化作无数冰碴的心，硬塞回胸膛。许久之后，才感受到它在体内抽噎般地缓缓跳动。我忍了好久，才鼓足勇气，向爸妈坦陈了考试的成绩。

虽然年级排名还过得去，但是单科成绩确实不怎么样。面对这样的成绩，爸妈故作平静状。安慰中，叫我好好反思，是学习方法的问题，还是学习态度的问题？或许是面对中考失利这样的大风大浪都经历过了，在爸妈眼里这个小小的期中考试失利根本不算什么。再说估计他们也拿不准，面对新的学习任务、新的学习环境，究竟是适应性问题，还是主观投入问题？抑或是无关乎任何主客观问题，这成绩已经是比较好的结果？新阶段、新情况，他们也不敢妄断。

利空出尽后，我反倒变得平静。关于名次的问题，我倒不是特别的在乎。如果每门课程成绩都比较高，即便是末名，也没关系。虽然这次排名侥幸不算太糟，但每门课程的分数之低，确实让我无法回避。

平静下来，我开始反思。

回想入学以来的日子，在学校的学习生活我竟是如此的轻松快乐。学校自主学习的时间比较多、考试少、作业少，社团活动丰富多彩，课堂教育也与众不同。语文、英语每次课前都有同学轮值演讲。老师随和、同学友善……这种快乐惬意即便是在初中时期都是没有的。现在想想，当我沉浸于快乐学习生活中时，似乎缺失了点什么。对，就是紧张感！我似乎在适应外高的学习生活中，过于敏感于外在的新奇和自由宽松的氛围，而忽略了学习的内在紧张性。虽然一直没有忽略学习，但学习目标、计划的执行力却远远不够。所以，“智

学网”平台给出的成绩评价是，基础掌握得比较好，难题错得比较多。显然是平时练习做得太少，熟悉度不够，对知识点缺乏深层次思考，导致融会贯通的应用能力不够。想想看，妈妈买的好多习题集，我几乎碰都没碰过。

学习既无紧张感，静心度和专注力也自然大打折扣。外高一直是我梦寐以求的学校。如愿以偿后，探知她的魅力的好奇心不言而喻。这两个多月来，我是多么在乎学校的一呼吸一脉动，对于新校园、新老师、新同学、新课业、新的学习生活方式，一切的一切，我是那么的欣喜，那么的迷恋，以至于迷失其中，忘记了学习本身。原本简单的一件事，都把它赋予了超乎内在的肤浅感性意义。比如：

瞧，合唱团，我来了。唱什么？不重要。学什么？也不重要。重要的是我站在传说中的声乐教室与同学们一起唱。

瞧，图书馆自习室，我来了。学什么？不重要。学到了什么？也不重要。重要的是我坐在这传说中的像大学校园一样安静的图书馆自主学习。

瞧，超常班，我来了。来干什么？不重要。班上超级学霸们有什么好的值得借鉴的学习方法？也不重要。重要的是与身边的这群传说中的“牛蛙”们坐在了一起学习。

一道道风景，一个个趣闻八卦，一次次不一样的素质教育学习生活体验吸引着我，牵引着我。让我逐渐迷失了目标，渐渐忘却了自己来这儿的初心。

想到这里，我不寒而栗。原来，我就像曾经一个小品里演绎的那句经典台词——“我骄傲！”我一直渴盼进入这所名校学习。所以，进入之后，所感所知，名不虚传，令我骄傲，令我欣喜，令我不由自主地陶醉其中，以至于忘却了来到这所学校的初心，忘却了这所高中所有的优势都只是在于给我的成长成才提供更好的空间，忘却了充分利用这个优势平台汲取能量充实自己、发展自己，成就自己的梦想和未来，忘却了再好的资源和条件也需要自身的勤奋来催发成功，还忘却了它只是我成长成才路上的一段亮丽风景，而不是终点！而我却在这人生路上小小的一站，被一朵美丽的小花、一棵挺拔的大树、一座秀丽的峰峦迷住了心智，享受其中，放缓了脚步……

在这一心态的导引下，我表面上是一个勤奋好学的学生，就连午休甚至课间都在伏案学习,其实内心却被那些“我庆幸”、“我骄傲”所包围，注意力涣散，学习效率低下。放学路上想的不是今天学习中还存在哪些问题，需要回家恶补一下，想的全是今天学校的奇闻趣事多么可乐，要回家与妈妈分享。

想到这里，我的脸颊一阵发烫。原来我也会迷失在这样的幼稚的虚荣里。这不正是这次期中考试惨败的最大因由吗？正是缺失了学习的紧张感和专注力，才衍生出了学习上的诸多问题。该记忆的知识点没有及时巩固记忆，该加强的题型训练也没有及时加强。临到考试都不知道醒悟，却还抱着欣欣然的幻想和侥幸。考试成绩如

此，也就不足为奇了。

想到这里，这些天郁结的心情释然了。

小雨感言：学习是件务实的事情，来不得半点虚假。你对它真诚、全心全意，它也会回报你以惊喜；你对它敷衍、惺惺作态，它便回报你以惊吓！

2016年11月19日 星期六

文科or理科?

昨天下午班主任召开了家长会。这是入学以来第一次开家长会，也是期中考试分析分享会。过去妈妈很少参加我的家长会，这次却一反常态，积极响应，甚至有些迫不及待。

前些天还一直像只泄气皮球的她，回来后，作收获满满、受益良多的感怀状。看着满血复活的她，我诚惶诚恐。一向不太干涉我学习的妈妈，不知这次“洗脑”归来，会使出什么招数来“治”我？万一她病急乱投医，搞得我手忙脚乱，该如何是好？

昨天开完家长会，我本想躲开她，不在学校跟她见面，以避开她的锋芒。却没能逃开她的“魔爪”，在学校食堂“被请”她吃了晚餐。看着她满脸笑容，刻意逢迎的样子更加剧了我的心慌。晚餐期间，我整颗心都提在嗓子眼儿，随时等她出招，而她却只字不提。我几次试探，她都不接招。总是顾左右而言他，愈发搞得我不知所措，一种摊上大事儿的强烈预感袭上心头。那情那景着实令人窒息。

匆匆吃过饭，本想以还有作业要做和晚上 6:30 有数学考试为由打发她走，却不料她说不急，整天坐着上课、学习，吃完饭不活动活动就去教室学习对身体不好，说陪我走走。无奈，我只好硬着头皮跟她在操场上散步。我想，估计这下她该出招了吧。结果，她依然像没事儿一样。一边走着，一边深呼吸，一边询问我学校最近的趣闻，作幸福惬意状。绕着操场走了大半圈后，看着一旁童趣满满、惬意无比的妈妈，窒息到无法呼吸的我，终于忍不住先出招了。与其“温水煮青蛙”慢慢等死，不如豁出去，捅破这层窗户纸，见招拆招。我鼓足勇气，故作冷静地问道：“妈妈，今天家长会有什么收获？”

话音刚落，我就后悔了。尽管我刻意掩饰，但依然略显急促的声音肯定让我的慌张暴露无遗。但出乎意料的是，妈妈并无任何情绪变化，还是刚刚闲聊时的那个表情，那个音调。很自然的感慨道：“收获很大！饶老师对三年学习规划的建议令我深受启发。饶老师是一位经验丰富的老师，意见都很中肯，介绍的经验和方法都很实用。”我傻愣愣地盯着妈妈。也许妈妈看出了我的焦急，连忙话锋一转，“我本来打算先思考清楚后，再征求你的意见的，免得影响你的学习心情。既然你问了，我就先告诉你，你也思考一下，你究竟是学文科好，还是学理科好？或者学哪科对你未来的发展更好，更利于你的职业偏好？”

其实关于这个问题，妈妈在暑期讨论择班的时候就提到过，但此刻说出来，好像并不应景。她不是应该直接宣布系列提升我学习成绩的举措吗？怎会是这个？这个问题不该是在下学期才考虑的吗？最多提前到寒假考虑吧，现在提也未必太早了点儿。管它呢，总算知道妈妈葫芦里卖的是什么药了，害我白白担心了那么久！看来是我做贼心虚，也算是平日里不好好学习种下的恶果。随着“靴子落地”，那一直卡在我嗓子眼儿里的小心脏终于得以复位。妈妈见我没应答，急忙解释道：“不用马上回答。但现在必须早点决断，早作规划。”

其实关于文科、理科的问题，我有过思考，只是以为高二才分科，所以才没做决断。从我的学习情况来看，数学一直是我的强项，语文是我的软肋，学习理科科目更得心应手，学得更轻松。分析原因，估计得归结为我不喜欢识记，对记忆知识常常抵触和懈怠，这显然是学习文科的天敌；从学科偏好来说，除了特别喜欢数学和英语，畏惧语文外，其他科目只要不需要我强行记忆知识点，只是单纯学习的话，觉得不同学科都有它自身的魅力，都还比较喜欢；从我未来职业的倾向来说，我喜欢文学、艺术或金融方面的工作，显然又更适合学文科；从外高的资源来说，一直以文科实力强而闻名，且每年文科都有大量保送名校的名额。如果有名校情结，文科无疑是不二选择。综上所述，我理应选择文科。

这么简单的推理，对于我妈妈这样睿智的人来说，本不该如此纠结和犹豫不决。她之所以纠结，大概是因为我不喜识记的软肋吧。

毕竟学习是我自己的事儿，爸妈无论如何都是无法替代的。一方面觉得我应该学文科，另一方面又担心我因不喜欢记忆而学不好文科。所以只好让我高一在理科班，同时注重文理全科学习，以观效果。原本这个规划本身并没问题，毕竟身边也有一些跟我一样文理兼修，且文理成绩都名列前茅的同学的成功案例。但是妈妈却忽略了我与这类同学的学习基础、学习进度和学习态度，甚至还有智商的差异性，所以，我的期中考试成绩文理均不理想。她原本把成绩不理想的原因归结为高手如云，竞争加大的缘故，毕竟外高是市里数一数二的名校，能在这个学校就读的都不是泛泛之辈。难怪自成绩出来后她只是暗自情绪低落，而不是积极地帮我参考查找问题、寻求解决的路径。之所以昨天家长会后，她情绪高涨，可能就是因为饶老师建议家长们提前做好分科打算，有所侧重地学习，而不是全科发力，让妈妈认为找到了所谓的症结，从而看到了希望吧。确实，相较于文理分科规划得早的同学，同时学习九门学科与学习六门学科，其难度不可同日而语。

虽然我自知这不是导致我惨败的主要原因，但确实也该是因素之一。我们学校不像武汉市其他名高，大都高一就已明确分科，但学校在入学前都是征集了我们文理偏好的，班级设置上还是相对有所侧重。据我所知，年级大多数同学都是主攻六科的。像我这样平均发力的实属少数。我想既然饶老师这样的教学专家都这么说，我是时候要决断了。

可我真的很不喜欢死记硬背东西，怎么办？这次一旦决定，就必须坚持到底，否则反反复复下来，结局只会更糟。我能克服吗？我在心里反复问自己……

仔细聆听，爸爸妈妈房间依稀传来说话的声音。虽然听不清他们谈话的内容，但是我知道这么晚了他们还没休息，十之八九是在讨论我分科的事情。连我自己都不能确信自己是否能战胜自己的弱点，把文科学好，更何况是他们？任凭他们如何讨论和忧心恐都无法解决问题。

心中不由一阵愧疚，不能再这样让他们焦虑了。解铃还须系铃人，这个决断得我自己下，而且得马上下。我一会儿就去告诉他们我的决定，否则神经衰弱的妈妈今夜又将无眠了。

Rainy，请相信自己的选择。为了爸爸妈妈，为了自己，加油！

小雨感言：人生的选择往往很简单，不能改变环境，那就改变自己。不试过，怎么知道自己不行？

2016 年 12 月 6 日 星期二

以梦为马

这几天是武汉外校金秋读书节，学校开展了朗诵比赛。每位同学都要参加比赛。晚上，我和全班 53 位同学一起朗诵了海子的诗歌《祖国（或以梦为马）》，作为比赛诗目。虽然对这首诗歌还不能完全理解，但依然还是被诗人伟大的抱负和对宏大目标追求的决心，以及对苦难命运的预感和年华虚度的不安所感动。以至于回到家里心绪依然为之牵动，心中难免有些感伤。

关于梦想，我最早的记忆好像是像钢铁侠一样拯救人类、维护世界和平，后来慢慢又有了新的梦想：练琴时期待着长大后能穿着公主裙优雅地弹琴；练习跳舞时期待着有一天能像杨丽萍阿姨那样自由地诠释自然界最美的形态；练习素描时，希望自己能用一支支炭笔催发出世间万事万物的生命活力；学习英语时，我渴望自己有一天能精通各国的语言，像魔术师一样架起各种语言的桥梁。后来长大些，当学习声乐时，我又希望成为歌唱家，有一天能把美妙的歌曲演绎成天籁之音；可当我看名著时，我又渴望成为作家，有一天能写出一个又一个美好的故事。直到初三，我的那一个个钢琴家、舞蹈家、画家、语言大师、作家梦才慢慢变得模糊，被外高这个真实而近距离的梦想所取代。而此刻占据我心里的梦想却是有一天能去到那所心仪的大学学习。

何谓梦想？我没有深入探究过。

“梦想”一词，对于我们来说应该是熟悉的。从小时候起，这个词便常在耳边被大人或老师提及。记得小学、初中时老师还经常要我们写关于梦想的作文。令我记忆深刻的是小学班上同学们在作文里写的梦想几乎千篇一律的都是当人类灵魂的工程师，探寻宇宙奥秘的科学家或是救死扶伤的白衣天使之类的，而到了初中，记得有次全班同学除我写的梦想是要当一名作家和另外一个同学想当记者外，老师调侃说几乎全班同学长大了都想混“娱乐圈”，有想当歌手的,有想当演员的,就连那位想当记者的也与其沾了点边儿。总之，我们关于梦想的认知也许仅仅停留在长大后想干什么。

关于“梦想”似乎又是陌生的。今天深情朗读海子的这首《以梦为马》的诗篇后，我突然发现，随着年龄的增长，我的梦想似乎已经变得越来越具体，变得与人生努力的阶段性目标越来越一致，甚至合二为一。随着学习节奏的加快，人变得越来越现实，生活越来越单一，每天的生活周而复始地都被课程、作业中的知识点牵绊着。每天快乐于学习和掌握了新的知识，快乐于学校举办的各种文

体活动放松了身心，快乐于与家人、老师、同学相处的点滴。关于未来，心里除了紧盯目标大学外，似乎少了孩童时期对于梦想童话般的遐想和憧憬。

百度百科里对于梦想的诠释是：对未来的一种期望，指在现在想未来的事或是可以达到但必须努力才可以达到的情况，梦想就是一种让你感到坚持就是幸福的东西，甚至可以视作为一种信仰。这应该是关于梦想字面的诠释。诗人海子在《以梦为马》的诗中所表达出的宏大的目标和对梦想誓死追求的执着，使我第一次对于梦想有了自己的认知。

梦想之所以不同于目标，它应该具有某一具体目标所不能涵盖的内涵和梦想持有人的价值情怀。比如，梦想之于个人价值的实现和追求之中，还包含着对于家庭、国家，甚至人类社会的价值与责任，还包含着“不达目标、誓不罢休”的信念与执着。梦想不是口头上说说、心中想想的东西，而是要付诸行动并始终在你的意识里指导或驱使你拼搏、奋力前行的动力。

人只有拥有梦想，才知道“我想到哪里去”、“我要到哪里去”，才能时刻明确自己前行的方向，不至于走到哪儿算哪儿，才能避免跌跌撞撞，少走弯路，朝着目标坚定前行。

人只有拥有梦想，才能在人生道路上遇到挫折时不为困难所打倒，在途中看到美丽风景时不因受到迷惑而放慢脚步，始终不忘初心，奋力前行。

人只有拥有梦想，才会主动思考、勾画设计和筹谋人生的每一个阶段的发展目标和所承担的任务，才会使人生更有方向、更具条理，也才会走得更高更远更精彩。

人也只有拥有梦想，才能摆脱“小我”的束缚，成就“大我”，才更懂得人生赋予你的不同角色的价值与责任，才会更敢于担当，胸怀更加宽广；才不会被眼前的一些蝇营狗苟干扰心智和心情，患得患失，才更豁达与快乐。古今中外，但凡拥有大梦想、大志向的人，通常都是智慧、通达、海纳百川之人，也是更懂得何为人生幸福之人。

我的梦想究竟是什么呢？这些年被我当成梦想在追逐的“外高”和心仪的大学，显然都只是阶段性目标，助我成就梦想的不可或缺的阶梯和平台。

如果不是这些？那又该是什么呢？

不急于下结论，不能再像孩童时期那样脱口而出，种类繁多。

要综合判断、理性思考。要在未来向理想大学冲刺的同时，准确定位，锁定梦想。不管将来具体做什么，总归都要努力使自己成为一个于家人朋友、于国家、于社会，甚至于人类都有价值、有责任、有担当的人。所以，在当下，我最重要的任务还是努力学习，全面发展，至少要给自己搭建一个在未来可以任由自己梦想驰骋的起航支点。

回想自己期中考试以来的两周时间，为了不重复惨败的故事，我收起了浮躁的心态，每天积极认真地面对学习、审视学习效果。并且调整了学习战略，从攻全科转向弃理从文。转“平均发力”为

主要聚焦于语数外和文综六科，感觉人都快乐充实了许多。

就这样，每天努力多一点，朝着“小目标、大梦想”奋力前行！

我要做远方的忠诚的儿子
和物质的短暂情人
和所有以梦为马的诗人一样
我不得不和烈士和小丑走在同一道路上

万人都要将火熄灭我一人独将此火高高举起
此火为大 开花落英于神圣的祖国
和所有以梦为马的诗人一样
我借此火得度一生的茫茫黑夜
……

——摘自海子的《祖国，或以梦为马》

我情不自禁地高声朗诵着海子的诗，引来妈妈在书房外探头进来。我立刻收住兴奋与激昂，扮了个鬼脸，随即眼睛里挤出泪花，作可怜求安慰状地表态，“马上睡！”妈妈被我一连串神经质的举动搞傻了，忽闪着眼睛，嘟着嘴，掩上门，走开了。

小雨感言：“梦想是要有的，万一实现了呢？”（马云语）

2016 年 12 月 30 日 星期五

生日惊喜

再过几天就是我十六岁的生日了。过去每每生日，大都是元旦休假，但这几年元旦假期不再固定为 1 至 3 号，所以生日大多只能提前过了。今年因为休假从 12 月 31 号开始，下午 4:30 学校就放学了，所以爸妈决定今天晚上就给我过生日。

从有记忆开始，爸妈对我生日重视程度，常叫哥哥姐姐们艳羡不已。这种重视不是用奢华的礼物、盛大的宴会去体现，而是用一个个包裹着爸妈满满爱的惊喜去点亮我新的生命里程，开启我新的韶华年轮。它们是那样的刻骨铭心，以至于这么多年过去了，还历历在目。

还记得 7 岁那年生日清晨，一缕冬日煦暖的阳光透过厚厚窗帘缝隙在我眼前雀跃，蒙胧中被它唤醒。睡眼惺忪的我在感受到光线的一刹那，迅即意识到天亮了。一个我期盼多日的重要日子终于来

临了。以至于头天晚上久久不能入眠。好不容易熬到天亮，心底的雀跃自然难以言表。迅速扫了一眼床头的小闹钟，居然醒得这么晚，都八点多钟了！伴随着心跳加速，我倏地坐立起来，全然没了平日里清晨将醒未醒时对被窝的迷恋。心里一边盘算着爸妈今年将给我什么样的生日惊喜，一边嗲嗲地呼叫，“爸比……妈咪……”小心脏都快扑通扑通跳出来了。

久久没回应，我又急切地叫了几声。

依然没有回应！

不对啊，往年每每这个时候，爸妈不是守在床边用轻柔的吻唤醒我，就是用热辣辣的目光灼醒我，抑或是外公外婆和爸妈们笑声、忙乱声吵醒我……

可今天，为何如此反常？

难道他们忘了？

不会！爸爸妈妈过去无论多忙都不曾忘记过我的生日！

可是他们最近从未提及？

那又有什么关系，他们每年不都故作神秘，掩藏得滴水不漏吗？

我明明很确定，心中却依然感到隐隐不安。我又叫了好几声后，才见到满脸堆笑却身姿疲惫的爸爸开门进来，一边笑着对我说：“宝贝儿，醒啦！”一边拉开窗帘。

原本昏暗的房间瞬间被刺眼的光线笼罩，我不由得捂住了眼睛，等我拿开手，爸爸已经来到我的床前。在耀眼的光线映照下，他的脸显得格外暗沉，尤其是那浓浓的黑眼圈很是抢眼。我愣愣地坐在床上，看着爸爸疲惫的笑脸，心里咯噔一下，昨晚不会发生什么事情了吧？而且爸爸没有像往年那样见到我的第一刹那就说“生日快乐”，而是把衣服递给我说：“宝贝，穿上衣服，爸爸背你出去吧。”

我讷讷地问道：“爸爸，妈妈呢？”

“妈妈呀，一大早就出门加班去了。”爸爸应答道。

难道他们真忘了？眼睛不由一阵发酸，我竭力强忍着眼泪。很快，我穿好了衣服，站在床上，趴在半蹲在床前的爸爸背上，耷拉着脑袋，悻悻地问道：“爸爸，您知道今天是什么日子吗？”

爸爸一边反问道：“什么日子？”一边背着我朝门外走去。

那一刹那，一串眼泪夺眶而出。我生怕被爸爸发现，急忙把头埋在爸爸背上，悄悄把眼泪蹭在了爸爸衣服上。而就在那一刹那，熟悉且欢快的声音飘荡在我的耳际，“宝贝儿，生日快乐！”

在我应声抬起头的一刹那，眼前的一切令我惊呆了！

偌大的客厅堆满了厚厚的粉色、紫色气球，有散落的，也有捆绑成各种造型的，墙角的几个气球柱子足有一米多高，墙上还贴着一张大大的自制生日快乐海报。刹那间，我那不争气的眼泪哗哗地止不住地往下流。不知是委屈，还是羞于自己的小心眼，一边把头埋在爸爸的衣服里，一边嚷道，“爸爸骗人，爸爸坏！”

因为诡计得逞，爸妈乐坏了，并不嫌事大的相互推诿着。妈妈说：“就是，爸爸太坏！”

爸爸说："是坏妈妈的主意，妈妈坏！"

就在他们一片笑闹声中，我瞬间便忘却了刚刚的酸楚和羞恼，注意力牢牢地被眼前梦幻般的气球海洋所吸引，取而代之的是开心和兴奋。于是乎，我擦干眼泪，急切地挣脱爸爸的手臂，蹦跶到地板上，冲向那堆粉紫色球海里，开心地撩拨着气球们。爸妈相互依偎着站在红色沙发旁，惬意地笑着。那一刻，我觉得自己是这世界上最幸福的人……任谁，任何种条件，都不能置换我的爸爸妈妈。

正当我沉醉其中时，不经意发现妈妈连打了几个哈欠，爸爸也被妈妈传染，打起了哈欠。一个念头不由得闪现在我的脑海，昨晚我可是十点半左右才睡觉，睡觉前可没发现任何异样，今天一大早三十多平方米的客厅怎么就堆满了足足半米厚的气球？墙角几个漂亮的大造型气球柱子可是跟我妈妈差不多高呢。难道是他们连夜赶制的？想到这儿，我惊呆了，停止了所有嬉戏动作，看向爸爸妈妈。妈妈见状即刻问询道，"宝贝儿，怎么啦？不喜欢吗？"

"这是你们连夜做的？"我自顾自地问道。

"当然啦，妈妈搞了通宵，我呢，搞到凌晨五点多钟，实在是受不了了，就去睡了一会儿。你妈妈到现在可是连盹儿都没打一下呢。她亢奋着呢。"爸爸忙不迭地表功道，脸上还露出得意的笑。

我一听傻了，不可思议地打量着他们俩。他们亢奋、雀跃的表情与那黑黑的熊猫眼形成极大反差。不知道是感动，还是震撼，反正那一刹那，时间仿佛被凝结。除了能感觉自己的眼眶微微发酸外，我的肢体动作、语言都被凝固了……直到妈妈轻柔温暖的声音响起才打破了时间的魔咒，“宝贝儿，开心吗？妈妈爱你！”

一时间，不知所措的我，从气球环抱的客厅中央，奋力拨开气球奔向了他们，扑入妈妈的怀里。妈妈弯曲着身子，紧紧地把我搂在怀里，爸爸也用他宽大的手掌抚摸着我的头。那一刹那，妈妈的心跳声和着我身后气球的翻滚声，显得格外的美妙，至今还常常回旋在我心里……

此刻，马路上全是列队奔驰的汽车，车窗玻璃上还隐约映照着我满是甜甜回忆的笑脸。

现在我长大了，爸妈自然不会那么幼稚地逗我开心了。记得14岁生日，妈妈拿着一束精美的类似新娘捧花去学校接我下晚自习，引来一帮同学尖叫。那是我第一次收到鲜花，而且还是平日里不常见的新娘捧花款。小小花束是那样的精美，让我懂得了什么是雅致和品位。记得那天妈妈就告诉过我，从那天起，我就不再是儿童，而是少年了，爸妈再也不会像小朋友那般宠溺我了，否则就会把我宠傻了。她还嘱咐我不要因为爸妈的宠爱排斥长大，妄想永远蜷缩在爸妈的怀抱里躲风避雨。要自己学着长大，勇敢去面对风雨。

去年15岁生日，爸妈、外婆、表姐、表哥陪着我去钱柜唱了卡拉OK，在那里点燃了生日蜡烛。妈妈告诉我，人大了，慢慢烦恼也就多了，要学会用适当的方式去舒缓自己的压力，调整自己的

情绪。爸妈之所以要我从小学钢琴、声乐、舞蹈、绘画，就是希望我长大后多一些爱好，多一些缓解压力、释放心情的选择。

不知道今年的生日惊喜会是什么？我正暗自思忖，发现车已经到楼下了。

电梯间，我的心居然还怦怦加速，脸颊也微微发烫。都这么多年了，被爸妈训练得早该见怪不怪了。我居然还会激动，还会按捺不住期待与雀跃。尽管觉得自己太幼稚，但我立马就原谅自己了。反正今天我是寿星，幼稚一下下又怎样?

一推开门，外婆就把表姐昨天买好的手捧花送给了我。很美。我说了句谢谢后，就忍不住把花束凑到了鼻子前深深呼吸，香气袭人，沁人心脾。蛋糕是我每年生日必有的道具，而手捧花也自从 14 岁那年生日起，成了必备。所不同的是自从去年表姐参加工作以来，蛋糕和手捧花便都由她亲自定制，花钱置办。且精心程度不亚于妈妈，甚至有过之而无不及。据外婆透露，今年为了有别于往年，表姐可是跑了好多花店，才勉强确定下来。尽管已经非常漂亮了，却依然觉得新意不够，不太满意呢。表姐这份心，真是爱心满满了！

陆续地，大家都从不同的地方赶来聚会了，传统吃饭、唱生日歌、许愿、吹蜡烛、分享生日蛋糕等节目完成后，妈妈发言了，对我说道：“宝贝儿，今年我们庆生节目来点特别的，妈妈刻意给你安排了一场国外大学常见的 workshop 讨论，让你见识一下，希望你喜欢。”

“workshop 讨论？”很新鲜，没听说过，一下子就吸引了我的注意力。

于是，舅妈负责洗碗等善后工作，爸爸、表姐，以及两个表哥在妈妈的召集下来到书房。外婆好奇地也挤进来要求围观。讨论会由妈妈主持，她简单介绍了本次讨论的发起、主题和主讲人以及议程。原来，表姐最近在写一篇工作论文，前两天联系妈妈希望指导一下。于是乎妈妈就来了灵感，作为今年我十六岁生日的主题活动。

首先，表姐作为主讲人，大致介绍了论文研究的目的、意义、研究思路和论文框架，并提请大家提出宝贵意见。鉴于这是第一次家庭组织的 workshop 讨论会，大家大都第一次参加，还摸不着头脑。妈妈说由她先抛砖引玉，率先发言后，大家再各抒已见。妈妈从论文的选题和研究对象的内涵、外延，研究对象之间的辩证关系着手，讲如何破题和立意；从论文写作技巧，分析问题、解决问题的内在逻辑把握讲如何确立章法结构；从资料查询、文献综述方法讲到团队分工协作。我自认为非常熟悉的妈妈，居然也有我不熟知的一面，那份自信深深映入我的心底。环顾一周，就连似懂非懂的外婆都不断在点头表示赞同。外婆那傲骄的眼神太过显眼，仿佛在向周遭宣誓主权，"瞧，这是我的女儿！"接下来，爸爸也发了言，在对妈妈的观点表示完全赞同的基础上，还进行了一个方面的补充说明。然后妈妈就宣布进入自由讨论环节。我们大家都憋红了脸，估计哥哥们跟我一样，虽然能听懂，但要发表观点，就有难度了。

不知什么时候，外婆去厨房端来了水果。妈妈赶快活跃气氛地

调侃外婆道，“咱家还是我老妈最具国际范儿，还知道 workshop 得要准备水果茶点呢。”大家一阵哄笑，外婆歪打正着，也喜滋滋地大声笑着。

“大家别紧张，吃点水果，咱们边吃边聊。”妈妈趁热打铁，活跃气氛道。

大家纷纷用牙签扦起水果来吃。紧张的气氛稍有缓和后，表姐便开始照着刚记的笔记向妈妈提问，我们也开始附和地提问。妈妈为主，爸爸为辅，都一一作答，并尽量深入浅出让我们能领会其中的要义。最后，妈妈要我和表哥们谈了谈参加 workshop 的感想和体会，便宣布讨论会结束。

短短的一个多小时的讨论，大家都意犹未尽。要不是时间太晚的原因，还真想继续下去。尤其是我，感触颇多，受益匪浅。不仅让我初步了解了学术论文的写作范式和要义，还让我第一次领略了以大人般的方式参加高大上的论文讨论会，而且还是我听都没听说过的 workshop！莫名的，这次会议在我心里居然有种神圣的感觉，给我的冲击远远高于过去妈妈给我策划的任何一个生日惊喜。

一刹那间，我突然觉得自己好像长大了许多，也点燃了我对大学生活的无比渴望。

小雨感言：每一个惊喜都是对不熟知世界的探知，人或许就是在这一个个惊喜中不知不觉长大了。

2017年1月18日 星期三

多姿多彩的外高生活

三天期末考试终于 ending 了。

紧绷的神经终于可以 relax 了。

最近为了备考忙得昏天黑地的，一直盼望着考试结束，好蒙头大睡个三天三夜，实在是太欠睡眠了，好多时候都巴不得用根火柴棍撑住眼皮使之不耷拉下来。

可当我走出最后一科生物考场大门时，却顿觉神清气爽，呼吸也畅快了。就连平日里空气中浓浓的粉尘味道都没了踪影，凉丝丝的，还夹杂着些许甜甜的味道。我甚至都能感觉到负氧离子对我的包裹与抚摸。这种久违的放松与惬意好极了。回到家里，情绪更加高昂，忍不住想要大声地笑，大声地歌唱。

考得不错？

别那么烂俗！无关乎考试成败。此时千万别问我“考得怎样”之类大煞风景的话题，好不容易熬到“考后空窗期”，在成绩出来之

前就让我短时失忆，忘掉考试，放飞自我吧！

倒头昏睡？

这么好的光阴，怎能做那么无趣的事白白虚度？

爸妈不在家，外婆忙着做饭。

我洗了手，换了套舒适的家居服。

干点什么好呢？一时脑塞。

对，“砸钢琴”！不弹曲目，自拣音符练指法，我妈妈常调侃我的“乱弹琴”。一时间，七七八八的音符狂飙，声音之大之乱，不知何时外婆手里居然攥着几根小葱站在房门前不解地观望。我傻傻地冲她一笑，外婆看我自得其乐的样子，笑着转身离开了。好一顿狂砸！直到手指隐隐作痛才停将下来。依然还觉得不过瘾，便开始练声，全捡平日里最高的音练，好不痛快！没练几下，又决定画画，来到画架前，贴上一张画纸，铅笔上下飞舞，作“大家”状，快速勾勒出一只苹果的构图。寥寥一看，苹果的轮廓跃然纸上，甚是满意。看来最近忙于考试，虽有一段时日未能练笔，技艺却也不曾生疏，不由得在心里给自己一个大大的赞。稍许自鸣得意之后便开始细细雕琢……慢慢地，在笔端一笔一勾勒间，心中那份亢奋和躁动也不知不觉随之淡去。等到爸妈下班到家时，几已恢复如常。

晚饭后，便再也没有了那份生气。坐在床上冥思妈妈在晚餐时问我的问题，“高中就这样过去一学期了，如果用一个形容词来形容你外高的生活，你会用什么？”记得我当时的回答是“多姿多彩”。

多姿多彩？恰当吗？此刻再三思量，也没能找出更合适的词。也许人的直觉往往最能反映内心的客观感受吧，当时不经意的回答恰恰应了景。

是啊，就这样在梦想中的外高莽莽撞撞地度过了一学期——高中生活的六分之一。而这六分之一的外高生活给我留下的印象却也真的是多姿多彩。从开学前的竞赛班夏令营，活力四射的军训汇报演出，到开学后别开生面的开学典礼，每天语文课、英语课的课前轮值演讲，再到五花八门的社团招新、社团活动，校园金秋读书节、新年联欢会等校园文化活动，还有各种各样的学科赛事，几乎每周都有新事物，每月都有大活动。虽然未能一一亲身参与，但大抵也通过观摩有所了解。

回想起自己作为合唱团团员参加的武汉市教委举办的全市中小学生合唱大赛，演唱的《时间都去哪儿了》荣获全市一等奖；读书节上以班级为载体组织的《以梦为马》的诗歌朗诵，载歌载舞的创新反响极好……参加那些活动时快乐而兴奋的场景现在都还历历在目。

当然，给我印象最深的还要数参加全国海峡杯作文竞赛和全国希望杯英语大赛初赛。写作其实一直不是我的强项，常常令我头疼不已，尤其是写那些限时考试作文，内心常有一种似畏惧又似抵触的情绪。而在写这两篇作文时，我却才思敏捷，兴趣盎然。按照赛题要求去设计和创造场景，去品位和体会题材中主人翁的所思所想

和复杂情感，使我找到了平日里学科学习中所没有的创新与创作的快乐。其实获不获奖已然没那么重要了，重在过程的体验。为了纪念那个美好的创作过程，我决定把这两篇文章收录在我的日志里，免得散落搁置，日后不知所终。

以上种种，其实对名高来说并不罕见。据在其他高中学习的同学讲，虽然他们学校活动也不少，但是他们却依然觉得过着犹如战场般的奋战生活，参加各类文化活动的感受也是紧张和疲于奔命。

我想我之所以觉得外高“多姿多彩”，还得益于外高鲜少有考试吧。一学期下来，除了期中和期末两次考试，平日里除了数学有寥寥一两次随堂测试外，其他学科几乎为零考试。不但如此，仅有的两次考试还淡化排名，不像其他学校以不同形式进行张榜公布，搞得风声鹤唳，人心惶惶。而我们如不刻意打听，几乎都不知道同桌的排名。也许正是在这样一个淡化应试教育的氛围下，才让我们能无压力的倾情和投身于这些丰富多彩的活动中，悉心感受文化活动的魅力。而其他素质教育开展得也很好的高中，大都会把学生们的周测、月考、期中期末考试排名和丰富多彩的文化活动交织在一起，焉能使同学们能真正体验到参加文化活动的快乐与惬意？

看来，真正的素质教育不该单单以课外活动开展的多寡来评价。也许只有像外高这样淡化考试，追求学生的综合素质才能达到这样纯粹吧。而令人费解的是，即便如此宽松，每年外高高考升学率却依然位居前列，而且听说，各知名高校还都很青睐我们学校的毕业生呢。

想到这里，心中不由得一阵窃喜，幸亏我当初选择了外高。

我的外高无愧于我追逐的梦……

霞光

（海峡两岸作文大赛）

此刻，夜已经很深了。平日夜里，总有那么几声或近或远划破长空、令人惊悸的枪声爆炸声陡然响起。而今夜却出奇的静，四周死一般的寂静。没有枪炮声、没有汽车行走的声音，甚至连一丝蚊虫飞过的嗡鸣声都没有。躺在我和父亲用五年时间，一锹一锹挖掘建造好的简易防空地下室的床上的我，心中莫名地恐慌。

不知不觉中，政府军和反政府军武装对抗已经持续五年了。五年中几乎每天都有身边的朋友、亲人不是在战火流弹中凄惨死去，就是被饥饿和疾病无情夺去生命。我们有幸活着的人，早已忘却了什么是悲痛，什么是泪水。就这样麻木、恐惧地活着。甚至不知道为什么活着，也不知道什么时候就会突然死去。每每在街上或者单位碰到熟悉的人，相互都只是微微颔首示意，没有只言片语，眼神里交汇的似乎都是同样的内容："上帝保佑，你还活着！"

不知不觉中，我已失业两个星期了。作为毕业于一所知名大学

的博士，五年来，这已经是我第三次失业了。从大学副教授，到公司文员，再到车间电焊工。我不在乎什么工作岗位，也不在乎工资待遇，只要有一份收入，能够让我和父亲、母亲勉强生存下去，我就满足了。这些年，物资奇缺，物价横飞，超市里除了少量面包、面粉、黄油、蜡烛供应外，连卫生纸都没有。家里值钱的东西都已变卖殆尽，所剩钱粮寥寥无几，顶多够我和父亲、母亲维持半年基本生活了。这两周以来，我几乎跑遍了城市的每一个还在运营的单位或企业，都没能找到工作。随着战乱的持续和不断升温，我所在的城市绝大多数学校停课，工厂停产，商店关门，失业者比比皆是。国家青年失业率已高达 70%！要找到一份工作谈何容易！未来的路究竟该如何走下去？我辗转反侧。

难道只剩下作为难民逃到邻国一条路可走？

放眼周边国家，A 国、B 国富裕，盛产黄金，与我们希国近，且有公路直通，交通便利，只可惜这两国政府不顾民意严密边防，坚决抵制难民进入；C 国非常富裕，且非常具有国际人道主义情怀，愿意接纳安置我国 50 万难民。原本是个很好的机会，却遭到我国政府军和反政府军的控制。为防止国民外流，居然分别把守住了我国通往 C 国的两个港口，一经发现偷渡者，一律射杀。这条路也显然行不通；D 国、E 国也很具开放性、包容性，分别愿意接纳 20 万难民。且我国和 D 国、E 国中间相隔的 F 国，虽然贫穷，没有条件接纳难民，却愿意给我们借道前往 D、E 两国。只是路途过于遥远，且道路险阻，需跨越崇山峻岭，再加之途经之处气候严寒，听闻一路上难民死难者众多。我父亲、母亲已年迈，显然经受不住路途的艰辛，而我，绝无可能弃他们于不顾。

当然，也许通过精心筹备，可以侥幸安全抵达，但是C、D、E国随着难民涌入，也给他们带去了系列的社会问题，关于是否应该或者继续接纳难民进入的争论持续升温，反对呼声也越来越大，C国也开始遣返部分难民。背井离乡到其他陌生国家、陌生土地去生存，终究也不是上好选择。一旦他国政策发生变化，依然还是会有被遣返的可能。且无端去增加他国的负担，心中也有一种罪责。身在他国，即便衣食无忧，生活安定，面对自己国家的战乱、穷苦，又情何以堪？

我究竟该何去何从？我从未感到过如此的无助。四周还是反常的死一般的寂静。我再也无法躺在床上。穿上鞋，披上一件外套。习惯性地按下床边电灯开关，没亮。我差点忘了，自从战乱升级，停水断电已成常态。没有月光的地下室伸手不见五指，莫名地加深了我的恐惧。对寂静，对黑暗的恐惧，恐惧到无以复加，恐惧到死都不愿再面对！于是，我拼命用手摸索着，努力清醒神志搜索记忆中地下室里的家具摆放的位置和楼梯的方位，踉跄地爬到了楼梯通往一楼的顶端。我不知哪来的力气，一下就推开了平时需要我和父亲两人合力才能推开的厚厚铁板。刹那间，一缕淡淡银辉飘洒到我眼前，我的精神为之一振，顿觉恐惧消减了许多。紧接着又一阵凉

风袭来，虽然有些冷，却是那般清新，甘之如饴。就着那一丝光亮，嗅着那股清新，我爬出了地下室，来到了一楼客厅。并毫不迟疑地跑到大门前，打开了门。

今晚的月色虽然那般苍白、凝重，但是较地下室的黑暗，却是那么的美。我贪婪地大口吮吸着新鲜空气，贪婪地欣赏着美好的月色……渐渐的，渐渐的，一个清晰而坚定的答案跃然于脑海中。我终于知道我该何去何从了。

对，就这样，不在沉默中灭亡，就在沉默中爆发。与其作为难民冒险带着父亲母亲逃往D国或E国，不如坚守我的家园。与其在家园中担惊受怕，在贫穷饥饿中凄惨死去，不如站立起来去抗争。去争取国际和平组织的支持，去团结失业青年民众，去游说并抗争于政府组织和反政府组织，去终止内战，去捍卫和平，去建设美好的家园……

不知不觉中，遥远的天际处，一抹霞光悄然点亮了大地……

艾茜卡与流浪汉

Isaac and Tramp

（第十六届全国希望杯英语大赛初赛第二阶段作文）

我在院门口晃悠，想着要不要到对面街区去找维娜玩，她是我五年级最好的朋友。这时，我看见从街上走来一个流浪汉。

Isaac was swinging on the front gate,trying to decide whether to walk down the street to play with Verna,her best friend in fifth grade,when she saw a tramp come up the road.

“你好！小姑娘，”他说，“你妈妈在家吗？”

“Hello,little girl.” he said, “Is your mama at home?”

他约莫六七十岁的样子，衣着单薄，身形挺拔。头上戴着一顶黑色旧礼帽，几缕花白的头发从帽檐下耷拉在额头和耳后。身上穿着一件宽大的，与他纤瘦的身材极不相称的咖啡色薄呢子外套，里面是一件洗得发白的红黑条纹衬衫，领口都磨破了。

He seemed in his 60s or perhaps towards 70, standing there tall and straight,though in thin clothing.,with an old black hat on his head,a few threads of grey hair coming out of the brim and down on his forehead and behind his ears.The simple brown woolen coat looked far too big on his frail body,while the collars of a black and red striped shirt inside looked whitened and worn out from washing.

下身穿着一条深蓝色布满破洞的条绒裤子，隐隐约约能看得见他冻得有些发紫的膝盖和腿。在这初冬的季节，虽然有煦暖的阳光照耀着，但一阵风刮过，还是相当刺骨。他一点也不像以往来我家寻找帮助的流浪汉。虽然衣衫褴褛，却一点也不邋遢。站在那里面带微笑，目光如炬。他一边对我说话，一边用手摘下戴在头上那顶旧礼帽，像极了一位风度翩翩的绅士。

The corduroy trousers,dark blue and patched with holes,faintly showed his knees and legs somewhat blue from cold.The early winter sun,shining weakly,could hardly warm up the old man in the sharp cold winds.However,not a bit like the tramps coming to our door before,he,while almost in rags,did not look sloppy in any way,With smiles on his face,he stood in front of me,his eyes gleaming lively.While talking,he took off his old hat,just like any gentlemen of manners.

“很抱歉，先生，她不在家。”我回答道。

“Sorry sir,” I answered. “she is out.”

只见他刚刚还闪着亮光的眼眸瞬间黯淡下来，神情变得有些呆滞和失落。

His once glowing eyes dimming instantly,he looked lost and depressed.

“先生，您是饿了吗？”我赶紧说道，“她不在家没关系，我也可以带您去院子里吃一些食物。”他稍显意外，停顿了一下，脸上又恢复了之前的生气。眼睛熠熠生辉，与他褴褛的衣着极不相称。我把他请进了院子里摆放的桌椅旁坐下。那里既能晒着太阳，又能避风。是我和妈妈平常最喜欢待的地方。

“Are you hungry,sir?” I said without delay, “Mama’s not home,but I too can get you something to eat in the yard.” After a pause of surprise,he seemed to have regained life ,his face showing the earlier sparklingness,unmatched by his poor clothing.I led him to a table surrounded with chairs in the yard,a place enjoying sunshine but never cold winds,a favorite site of my mother's and mine too.

“请您稍坐一下，我马上就回来。”说完，我就跑进屋里，用盘子装了一些火腿、面包，倒了一杯牛奶，回到院子里，放在桌子上请他享用。看着他有些瑟瑟发抖的样子，我赶紧又跑进里屋，取出一条毛毯，搭在他腿上。他惊讶地看着我，眼眶转而有些发红，噙满泪花。我赶紧避开他的目光，退坐在他对面椅子上，眼睛望向院子栅栏边的一棵只剩几片枯黄树叶在寒风中飘荡的枫树枝桠，心中不禁一阵酸楚。

“Please take your seat here.I'll be back in a minute.” with these words,I Hurried into the kitchen and came back to him with a plate full of ham and bread,and a cup of milk too.Offering him the food,I also saw him shivering from cold.Running back into the house,I brought him a blanket and put it on his knees.He gazed at me,not trying to cover his feeling of unexpectedness and gratitude.His eyes reddened,tears nearly coming out of them.Shunning his eyes,I hastened to sit on a chair opposite him,turning to look at a corner of the fence,where a maple branch with only a few yellow leaves left on it was waving in winds.I couldn't help feeling distressed at both sights.

与以往狼吞虎咽的流浪汉不同，他笔挺地坐在那里，小心翼翼

地用刀叉吃着食物。刀叉碰触盘子的声音极小，动作非常优雅，似乎还透着些许傲慢。我敢打赌他落魄以前，一定是一位了不起的绅士。真不敢想象在他身上都发生了什么糟糕的事？这该死的经济大萧条！我坐在一旁，默默地等着他吃完了食物。他用纸巾擦了擦嘴，站起身来，手上拿着帽子，身体微微前倾，微笑着对我说道，“谢谢你的热情款待！小姑娘！你叫什么名字？”

Yet,there was at the table a picture different from all the earlier ones of tramps gulfing down the foods hastily.There the old man was sitting straight and eating,meticulously,with a knife and fork,producing little noise of hitting the plates.The gracefulness with which he was eating even exhibited an air of pride.Sitting aside quietly,I waited for him to finish the plate,while assuring to myself that he had been a extraordinary gentry before becoming down and out.Imagine what bad luck having hit him.Damn it!This great depression.Cleaning his lips with tissue,he stood up.Hat in hands,he leaned a bit forward. “Thank you for your generosity,young girl!What is your name?” he asked,smiling.

“我叫艾茜卡。您还需要杯热咖啡吗，先生？”我赶紧起身应答道。

“Isaac.” I hurried to rise up and replied. “A cup of warm coffee,sir?”

“不用了，谢谢！艾茜卡，你和你的妈妈都是非常友善的人！

上帝会带给你们好运的！”

“No,thank you,Isaac.You and your mama are both very kind and generous.God bless you.You' ll have good luck.”

“您认识我妈妈？”我有些惊讶。

“You know my mama?” I was a bit puzzled.

“哦，不，我不认识，但我常常听人提起她。他们说她非常善良慷慨。单亲妈妈带着孩子，家里很拮据，每天辛苦地打几份工，却依然会帮助每个到家里来寻求帮助的流浪汉。”

“Oh,no,I don't.But I often hear people talking about her kindness.” he sounded touched. “A single parent with a child to raise,she works on several jobs a day to earn the family's bread.But your shortness of money does in no way stop her helping every and each tramp coming to ask for help.”

“是的，妈妈总是这样，她乐于这样。”看来我的好朋友维娜说的是真的，谁给流浪汉东西吃，他们就会相互告知。

“That's right.Mama's always like that.She loves it, to be honest.” Verna,my good friend was right in saying that tramps would tell each other who treated them nicely.

“能告诉我这是为什么吗？”

“Can you tell me why this is so?” the old tramp asked.

“妈妈说，每个人都有曾经爱他的妈妈，就像她爱我一样。她

给他们东西吃，是为了他们的妈妈。如果有一天我饿了，也没东西吃了，她也希望有好心的妈妈能给我东西吃。”

“my mama says everyone has had a loving mom in their life,just like me.And she gives them food for the sake of their moms.She does this in the hope of me getting such help too when badly in need of it from a kind mom one day.”

“那艾茜卡，你呢？你为什么要这么做？”他的笑容更深了，脸上皱纹也加深了几分，如炬的目光变得慈祥和温暖。

“then,Isaac,why you too?Why are you doing this like your mama?” he smiled more broadly when he continued asking,the wrinkles on his face deepening and his beaming eyes displaying more kindness as well as warmth.

“我也不知道为什么？先生。我只是觉得您可能是饿了，所以就这样做了。”我被问得有些羞涩，感觉脸上火辣辣的。

“I don’t know why,sir.I did it because I believed you were hungry.” His questions made me so shy I felt red and hot on my face.

这时，伴随着远处传来教堂里的钟声，一辆闪着亮光的加长黑色劳斯莱斯缓缓驶过来，并停靠在院子旁的马路边。车门打开，从车上面下来两位穿着黑色燕尾制服，戴着高高黑色礼帽和白色手套的中年男士，朝着流浪汉微微鞠躬后，毕恭毕敬地站在院子门口。

Just at that moment,with the church bell sounding in distance,a glamorous Rolls Royce shining in black color drew up beside the road in front of the yard,and two middle-aged men,dressed in black tuxedoes,black hats and white gloves,got out of it.Bowing a bit towards the tramp,they stood near the gate,their face showing an aire of extreme respect.

我惊呆了，不知所措。

I was so astonished I went into a complete loss.

幸好这时妈妈从街对面走了过来。妈妈也显得非常震惊。她走进院子正要开口询问到底发生了什么，站在我身旁的流浪汉向前迈出一步，朝着我妈妈，微微颔首道，“女士，我是约翰·特·维尔侯爵，非常高兴认识您。”然后，侧身笑着对我说。

To save me from being put out,luckily,my mom came from across the road into the yard,but in a complete confusion as well.Just before she opened her mouth to ask what had on earth happened,the tramp beside me stepped forward and,nodding slightly,said to her, “Lady,I am Sir John T.Weil.It is my great pleasure to meet you.”

“很抱歉，艾茜卡，我刚刚欺骗了你，我请求你的原谅。”看着依然惊愕的我们，他连忙解释道。

Then he turned to me and said,smiling, “I am very sorry,Isaac,but I didn’t tell you the truth just now.May I ask for your forgiveness for that?” Finding us in total bewilderment,he went on to explain.

“我听说了你们对流浪汉的善举，就乔装成流浪汉的样子，想亲自前来证实一下。我非常庆幸事情跟传说中的一样。我没有子嗣，一直在寻找一位正直、善良、勤劳的人做我的继承人。我想我今天找到了。你们可否愿意搬到我的城堡跟我一起生活？”

“I heard of stories of your kind deeds done to tramps.To prove their truthfulness,I dressed up as a tramp.And that's what has happened. It is fortunate that all went just as legend had it.I have no descendents of my own.For years I have been looking for someone worthy of being my inheritor,but he must be honest,kind-hearted and diligent.I believe I have found the right person today.May I ask you to move to my castle and live with me hereafter?”

（本篇中文曾发表于《作文报（中学版）》总第 3366 期）

小雨感言：感谢外高这片世外桃源，让我能以多姿多彩的学习生活作为人生起点，“从这里走向世界和未来（外高校训）”。

2017 年 1 月 26 日 星期四

十六岁在家庭新年聚会上的演讲

明天就是农历新年了。在辞旧迎新的日子里，大人们都忙碌和计划着如何迎接新年。我家自我有记忆以来，新年总是与外婆、舅舅、姨妈几家人一起在武汉度过，无一例外。因为爷爷奶奶在东北，天气寒冷，妈妈身体弱，受不了北方的寒冬。所以我们鲜少在春节回去，大都是暑期回去看望爷爷奶奶，仅有偶尔几次爸爸一个人回去过年。去年，原本爸爸准备回老家过年的，因为我突如其来的腿伤，他没能回去，后来又打算今年春节回家，但鉴于 9 月爷爷奶奶刚来武汉团聚了，因此取消了计划。

不知怎的，过去对于“过年”的认知几乎只需用一个词来形容，那就是“欢天喜地”。春联、春晚、团年饭、压岁钱。亲人们整天腻在一起，几家亲人之间轮流做东聚会。总是没完没了地吃，没完没了地聊，没完没了地乐呵。小的时候，我特别乐在其中，人多热闹，且没人唠叨你该去学习了。大人们对我们几个小孩儿特别宽容，任

由我们胡闹、玩耍。渐渐地，我们都大了。变得没那么聒噪，开始喜欢几个小孩儿待在一边聊天、玩耍。有时甚至大家躲在一间房里，却各自沉浸在自己的世界里。表姐是我姨妈的孩子，比我大 11 岁，她小的时候在恩施长大。虽然有很多照片为证，我一出生她便抱着我玩，但在我的记忆里是直到后来她来武汉上大学后才开始熟知起来的。因为年龄的差距，再加上她对我的特别疼爱，在我心里其实一直是把她划归为大人们行列的。

我是全家最小的，舅舅家的儿子灰灰哥哥，比我大两岁半，我们几乎是在一个家里长大。都是外公外婆带大的，感情特别深。他小时候特别淘气，对我却爱护有加，一口一个“妹妹”，从未直呼过我的名字。大人们常笑话他，他也不介意，依然如故。以至于后来他的小姨、舅舅们生了女儿，他都直呼其小名，或者在小名后加“妹妹”两个字，而“妹妹”这一称谓则是他口中我的专属。

今年不知怎地，也许是我已经成了高中生的缘故，也许是源于十六岁在我内心的一个结的缘故，我对于过年的雀跃，已渐渐归于平淡。既没有被四处张贴的春联、高高悬挂的大红灯笼和彩灯所感染，也没被即将拥有的三天年假所吸引。而那个心结却在新年之际，常在我心中涤荡。说起心结，其实也只是我家众所周知的一件小事，那就是我妈妈在她十六岁那年就考上了大学。但不知为何，也不知从何时起，十六岁便悄悄在我内心扎了根，成为我成长过程中特殊的里程碑式的年轮。妈妈是从那一年走出大山，成为当年全县高中唯一一个考上大学本科的女生，也是全县唯一一个考上大学的应届生。出身于教师家庭的她，生性单纯，不谙世事，在十六岁那年，怀揣着梦想，长途跋涉来到省城武汉求学。从此，凭着自己的努力一步一步在这个陌生的城市扎下了根，才有了今天我所拥有的一切。这些天，我总在想，以我的十六岁为起点，我的梦想是什么，十年甚至二十年后我能成为怎样的一个我？

早晨起床，妈妈问我今天休年假有什么安排？按惯例，腊月二十九、三十、正月初一这三天是全休。每天除练习半小时钢琴外，我不用学习，可以做一切自己想做的事情，但括弧——仅限于有利于身心健康的事。往年这个时候，我总会出说一大堆想做的事情，比如看一本闲书、看一部好看的电影或电视剧，体验一把什么盛行的游戏，画一堆卡通人物等等，或者去爸爸妈妈一直推崇的某个地方，在大自然中放飞自我……总之，计划良多，常让妈妈友情提示时间问题，要我选择特别想做的事情进行合理安排。确实如此，名义上是三天，其实除去家庭集体活动，所剩无几。而今年，妈妈同样问我时，我却一时应答不上来。似乎有很多想做的事情，似乎又没有必须做的理由。不就那些玩的事吗，其实平日里也并非时时刻刻都在学习，想玩的时候不也偷偷玩过了吗？只是不能像这几天这样正大光明地玩而已。于是问妈妈，“妈妈，您十六岁那年，闲暇最爱干什么？”

“胡思乱想。”妈妈停顿了一下，“准确地说，喜欢思考人生，

憧憬未来。设想自己未来成为什么样的人。”

“那您那时都想成为什么样的人呢？”我好奇地追问道。

“我们那时，山区信息闭塞，电视都没几个台，对外面世界的了解仅限于电视剧或书籍。所以，我那会儿只想考上大学，到外面世界去看看。像电视剧里的人物那样，说着普通话，在大城市生活。”妈妈若有所思，“这就是我那个年代能想到的最大的梦想。”

“那妈妈，您的梦想岂不是早就实现了？”

“是的，早实现了。现在在你看起来这一定不算个梦想，太低太容易。其实在我们那个年代，要实现却是非常难的。在教育资源落后的山区，想考上大学可不是件容易的事情。而且那几乎是那个年代能留在大城市里生活的唯一方式。不像现在，人口流动大，来去自由。只要你吃得了苦，想在哪里生活都可以实现。”妈妈有些感慨。

“妈妈，当年您十六岁，开启了新的人生。现在我也十六岁了，虽然才上高一，但我也想开始计划自己的未来。最近我也总在思考自己未来想要成为什么样的人。”

“那好啊，是时候思考了。只是你现在起点比我们那时高，显然在什么城市生活已然不那么重要了。可以不受条件约束大胆去设计自己的未来。不过，不管是怎样的梦想，都离不开勤奋务实地走好当下每一步。否则，梦想也就成了空想。所以，在妈妈看来，成就一个大梦想固然重要，但更重要的是做一个脚踏实地、诚实守信、懂得感恩的人。只有这样的人，才能飞得更高，走得更远，活得更开心。你能懂妈妈的意思吗？”

“妈妈，我懂。不就是您常说的做人比做事更重要吗？”

妈妈开心地摸了摸我的头，一副很是满意的样子。然后调换了一下坐姿，对我说道，“我正好有一个想法，看你是否愿意，我想你可以在明天新年舅舅家的聚会上，发表一个演讲。”

“演讲？”我一头雾水，耐心地听妈妈继续说。

“是的，就是演讲。你今年已经满十六岁了，妈妈的想法跟你不谋而合，你应该学会理性、成熟地思考自己的人生了。而妈妈认为，成熟的一个重要标志就是学会懂得感恩。所以，妈妈希望在你十六岁这个特别的年三十，家人团聚的重要日子，以感恩为主题，发表一个正式演讲。”我瞪大了眼睛看着妈妈。

妈妈继续说道，“妈妈要你这样做，不是刚刚拍脑袋得来的，而是早在你十六岁生日前夕，就计划好的。原本想作为你生日主题活动的，但想想，过生日嘛，应该轻轻松松，快快乐乐的，不能给你太多压力。再说每年生日家人也不齐，姨妈他们在外地也参加不了，再加上那时又面临期末考试，妈妈觉得放在生日不合适。新年嘛，本就是除旧迎新，家人欢聚，既是亲人感念亲情、聚集一堂话家常的重要日子，也是一年总结、计划的重要节点，在这个时候搞这个活动再合适不过了。”我忍不住唏嘘一下，但妈妈继续自顾自地说道：

“我跟舅舅他们都商量好了，中午十二点准点团年饭，饭后收

拾好后，下午两点在他家客厅开始新年感恩主题演讲活动。哥哥主持，姐姐总结讲话。”

“哥哥姐姐都答应了？”我插话道，脸上一片愕然。

“答应了。”妈妈脸上泛出一丝得意的笑容。

“那我要怎样讲？”尽管有些猝不及防,但没尝试过这样过新年，倒是勾起了我一分好奇心。就像妈妈设定了一个探险计划一样，也许是一个刺激，很有意思的安排呢。

“简单，主题是感恩，其他自由发挥。但是要求写实，真情实意，表达你成长以来的感受。”妈妈双眉一挑，故意停顿了一下，笑着抬高语调说道，“要求双语发言，而且要写正规的发言稿。但最好是脱稿讲，不能随心所欲，想到哪里就说到哪里。限时一种语言 15 分钟，共计 30 分钟。”

我故意耷拉着脑袋，把胳膊肘支在透明玻璃餐桌上，托着腮帮子，撇着嘴，作可怜状，艺术性地酝酿感情噙着眼泪盯着妈妈好一会儿后，才带着哭腔懒懒地应答道，“好吧。”

妈妈伸手揪了一下我的脸蛋，调侃说道，“后妈都这样！好好准备吧，妈妈拭目以待。”

我抓住妈妈正要缩回去的手，夸张地咬了一口。然后问道，“是先讲中文，后讲英文，还是中英文交替？”

看得出来关于这个技术性的问题，妈妈并没有思考过。一时陷入沉思。见状，我发表了自己的观点：

“我看这样吧，先英文讲完，再中文。”

“为何？”妈妈不解。

“您想啊，英文他们大都听不懂。我要是先讲中文，他们听懂了，都陷入各式感慨和感动，哪还能专心听那些听不懂的英文了。我先讲英文，他们虽然听不太懂，但会认真努力去猜想我讲的是什么，然后再讲中文，他们一听才恍然大悟，演讲就真正进入情感高潮。以高潮结尾岂不更好？”

“有道理，但为何不是中英文交替演讲？”妈妈追问道。

“您想啊，演讲是要蕴含情感的，演讲人不断重复，哪能进入演讲状态？而且这样演讲多奇怪，又不是同声传译？”

妈妈满脸赞许地笑着点点头，把我的手拉过去，猛地亲了一口后说道，“好，宝宝说得对，就这么干！”然后起身说，“我去干活，你去准备吧。”

那一刹那，我才回过神来，原来我就这样乖乖地钻进妈妈事先设计好的圈套里去了。妈妈真是老谋深算！她一句话多简单，我可就惨了。哎，我怎么就这么轻易地答应了呢？

后悔归后悔，答应的事儿还得干。再说，我确实也有很多感恩的话想要说。按惯例，年三十早上要去外公坟上磕头拜年，我昨晚躺在床上还在想念外公呢。外公生前对我的好历历在目，外婆、姨父姨妈、舅舅舅妈、哥哥姐姐，还有爸爸妈妈，一路成长都有他们的陪伴，他们的精心呵护，一直感念于心。只是好多话一直都不好

意思露骨地表达，妈妈给这个机会也好。十六岁了，不该是只索取的年龄了。虽然依然没有能力回报，但表达一下感谢总还是可以做到的，尤其是借新年之际。

于是乎，今天我几乎一整天都没离开过书房。艰难地一遍又一遍构思、修改，诵读计时。这是我 16 年来最渴望表达的文字，也是最难表达的文字。情到深处，眼泪止不住地流……写完，心情特别地凝重，一种责任了然于心。译成英文，尽管已经夜里十一点半，但我洗漱后依然坚持背了一单元六级词汇。熟记后我才发现，居然用时不到半小时。原来潜心认真，效率居然可以如此之高。

十六岁在家庭新年聚会上的演讲

亲爱的外婆、爸爸妈妈、姨父姨妈、舅舅舅妈、哥哥姐姐：

中午好！

My dear grandma,my dear dad and mom,uncles and aunts,Amily and Hardy:

十六岁，是准成年的年龄，这一年将是我蜕变的一年，从一个无知幼稚的孩童蜕变成一个有思想有志向的青少年。今天，在这个特殊的日子里，我将与大家分享一下我十六年来的最大感触——关于感恩。

Today is a special day.We get together here to celebrate the spring festival.For me,it is more than special,because I've just had my 16th birthday.This means I'm becoming an adult with each passing day.

So,on this special day,I'd like to share my thoughts about thanks with you.

感恩，是一个很大的话题，但也是个很小的行为。我时常在想，在我成长过程中，是谁用爱哺育了我？当我生病时，是谁比我更紧张更着急？当我取得一点小的成绩和进步时，是谁比我更高兴更兴奋？当我难过的时候，是谁比我更伤心更难过？

Thanks is a big topic,but it can be a small action,too.From time to time,I've been thinking about these questions and their answers.

Who have brought me up with profound love and care?Who are more worried and anxious when I am sick or troubled ?Who show more joy and excitement when I achieve even a little accomplishment and progress?Who feel sadder when I am sad but gladder when I am glad?There is only one answer,and that is you,my dearest.

这十六年来，从我呱呱坠地到咿呀学语、蹒跚学步，再到现在的高一学子，从五斤六两到五十公斤，从51厘米到165厘米，每年每月，每天每时，似乎都离不开你们——我最最亲爱的家人。

谢谢你们的陪伴与关爱！

In these 16 years since my birth,from a babbler and toddler to a

senior high one student,from 2.8kg to 50kg,from 51cm to 1.65m,every year,every day,it seems that you are there with me all the time.I' d like to say thank you for keeping me company all the while.

感谢姨妈，在我腿骨折住院时不惜路途遥远，依然在百忙之中从恩施千里迢迢赶来看我；感谢姨父，每年过年都从恩施带这么多我喜欢的特产；感谢舅舅，陪我走过初中三年；感谢舅妈，不时接送我上学培优；感谢姐姐，在我生日的时候总为我定制漂亮精致的鲜花；感谢哥哥，伴我走过了快乐无忧的童年！

Thank you,aunt.When I had my ankle fracture,you left your busy work and came to see me from far away.

Thank you,uncle.You always bring me such a lot of foods that I love every Chinese new year' s day.

Thank you,uncle.You cared for my needs through my three years of junior high school.

Thank you,aunt.You' ve been a great help when I am busy travelling between school and training classes.

Thank you,Amily.You' ve made every of my birthday a splendid one with your beautiful and delicate bunches of flowers.

Thank you,Hardy.You accompanied me throughout the happiness of my childhood.

尤其要感谢爸爸妈妈，不论何时，总关心着我；不管多累，总把最好的一面展现给我。还有外婆，在我需要的时候始终在我身边，您将您的晚年几乎都奉献给了我们仨。特别是我，从我出生到现在，一直都在您的关怀和照料之下成长着。

In particular,I'd like to thank mom and dad.No matter when and where,you always care about me; no matter how tired or busy you are,you always show the best side to me.

最后，也是最重要的，我要感谢离去的外公。尽管与外公共同走过的日子不长，只有九年，但是，每当我在数学问题上遇到困难时，眼前总是浮现出外公一副“白头搔更短”的样子。虽然外公已经离开六年了，但外公慈祥的笑容，关爱的眼神依然还清晰停留在我的心中。每每想起，依然万分不舍与心痛。

And my dear grandma,whenever I need you,you are always by my side.You've devoted half of your life to your three grandchildren,especially me.From the day I was born,I've been under your sweet care all the way.

And my special thanks go to our beloved grandpa.The precious nine years I spent with him forever remain fresh in my memory.

whenever I meet difficulties in mathematics,there emerges grandpa's “scratch shorter” look in front of my eyes.It's been six years since Grandpa left us,but his kind smiles and caring eyes are still clear in my heart.

回顾过去，你们对我的点点滴滴，不是只言片语能够描述的，我对你们的爱也无法用言语来表达。

No words in this world can exhaust your kindness to me.Nor can my gratitude and debt to you.

反思这十六年的成长，有成功有喜悦，也有许多不足与遗憾。此刻，在我十六岁，新年辞旧迎新之际，感怀家人的无尽给予的同时，我不禁问自己：你努力了吗？你的梦想还在坚持吗？你是否能让自己青春无悔呢？

When I reflect on the past 16 years,I am aware that successes and joys coexist with shortcomings and regrets.

At this moment of recollection,I can't help asking myself a few questions.

Have you made your best efforts?Are you still sticking to your dream?Can you tell yourself that you won't be sorry?

这样的问题，令我心虚不已。虽然我在大家眼中一直是一个上进、懂事的乖孩子，几乎完美无缺，但我知道，那只是你们眼中的我而已。是你们对我的疼爱、包容，掩饰了我的缺点和不足。其实，外婆，爸爸妈妈，我还有许多亟待改进的地方。比如：学习上总有畏难情绪，遇到困难就想打退堂鼓；容易分心，极易被小事吸引注意力；进取心不强，没有征服欲望，没有要真正刨根问底的精神；没有恒心和毅力，自己制订的计划常常没有完成……同样，在生活上也有许多不足：比如，没有收拾整理的好习惯，书桌没过几天就堆满了书，总是麻烦妈妈和外婆不厌其烦地帮助整理；不爱吃青菜水果，以至于脸上长痘痘；不爱运动，导致现在越来越胖……

These questions made me feel uneasy.

Although I am an aspirant,sensible,and almost perfect girl in your eyes,that is only the me in your eyes,I know.It is not yet the real me,or the complete me.

Your love and tolerance are accommodating and covering up my shortcomings and weaknesses.

Now that I am 16,it is high time that I reflected and faced the real me.I have so many shortcomings and weaknesses that need to be corrected and improved on.

In my study,I always shrink back when facing a difficulty.I am easily distracted from the work I am doing.And I am short of the curiosity about the world and I haven't got the desire to conquer the unknown.

Similarly,in my daily life: I don't like eating vegetables and fruit,and I don't get enough exercise.This has gained me more weight.

细细想来，我真的有太多的不足。为了不占用大家太多时间，我就不一一列举了。为此，我觉得非常抱歉，现在的我与你们给予我的爱和期望相差很远。不过，请你们放心，现在我还小，只要我

努力，一切都还来得及。在未来的高中生活中，我将努力做到像当年朱总理给清华学子讲话时要求的那样——为人为学，追求完美！我将更加珍惜时间，找到适合自己的学习方法，改掉身上的毛病，懂得感恩，积极参与公益活动，努力在学习上更上一层楼，争取未来成为你们心中期望的那一个我！我想，这也许就是对你们最好的报答，也是我目前能给予你们的唯一回报！

Despite all these problems,I am still confident that I will one day overcome them.

I am determined to seize every minute of my time,look for and find the most suitable way for my future studies,get rid of my shortcomings and strive to be the real me in your eyes.I am sure that will be the best answer I can give you and give to all the questions.

最后，我想说：感谢我的生命中有你们！

祝福你们新年快乐！万事如意！

Finally,let me thank you all once again for everything you have kindly done for me.

小雨感言：感恩一路上有你们：我的亲人、老师及朋友们！你们是我前行的助力，也是我前行的动力。

2017年1月28日 星期六 ◎

新年心愿

今天是大年初一。原本每年守岁后，按例早晨是不用早起的。可我还是七点便起床了。昨晚把闹钟打了震动，早晨起来轻手轻脚地洗漱，生怕把爸妈吵醒。在冰箱里简单找了点吃的，便开始到书房学习了。

一年之计在于春，一日之计在于晨，新年新气象。我似乎特别希望在我十六岁新年的第一天，能不一样地度过。这一整天，我都在学习，而且还学得特别专注，从未有过的专注。下午原定于全家去姨妈在武汉的家聚会，并在那里吃晚饭。但学习心切的我向爸妈表达了希望留在家里学习的想法。爸妈没有反对，开开心心赴会去了。我呢，也就真在家学习，一刻都没偷懒。

辛苦学习一天了，此刻已是晚上九点多钟了，才发现有些腰酸背痛，连脖子都有些僵硬。我不由自嘲，原来忘我专注的学习后果是这样的。我居然是在上学十余年后的今天才发现，可见我以前学

习有多散漫。

此刻尽管有些晚了，但状态依然良好，至少还可以再学习两小时。但昨日演讲的画面突然涌上心头，感慨良多，不吐不快。所以，决定把晚上剩余时间用来写日志。在新年第一天留下点成长印迹，也该是不错的选择。

真要提起笔来写，却不知该从何写起。昨天的演讲效果确实超出了我的预料。虽然演讲稿写得并不那么尽如人意，但不管怎么说，总是一次不错的人生体验。从现场大家的反应来看，就算是最木讷、最不善于表达情感的舅舅都潸然泪下，最满不在乎、不谙世事的表哥眼眶也湿润了；外婆、姨妈、妈妈更是夸张得很，稀里哗啦地掉眼泪；我自己讲到情之深处时，也忍不住哽咽了。演讲完后，大家都争抢着把我紧紧搂在怀里亲吻。搞得我一脸的口水、泪水。妈妈最后还当场宣布，未来每年年三十，团年饭后都由我们三兄妹做演讲，主题就是年度总结与规划，明年表哥与表姐都要演讲，双语，且要配 PPT。

大家之所以落泪，也许是因为大家发现家里最小的孩子都长大了，有思想了，开心得不知所措吧。可见我在他们心中的分量。而这次演讲也给我的心灵造成了很大的冲击。在那一刹那，我能清晰地感觉到原本就很和睦的一家人，心贴得更近了。也许亲人之间的关系，不是因为血缘才得以维系，而是因为彼此之间的爱和关怀才如此紧密。每一份爱的背后，隐含着的都是沉甸甸的责任和承诺吧。

而我之于他们，爱之背后的责任又是什么呢？这个问题我似乎从未思考过，甚至从未想到过。这是昨天演讲时，看着眼前一张张笑脸、一双双泪眼，一刹那间涌上心头的。也就在那一刹那，我发现外婆的双鬓更加斑白了，爸爸妈妈也略显老态了。也正在那一刹那，我才忽然明白了一个近乎弱智的道理：我和哥哥姐姐们一天一天在长大，而外婆、爸爸妈妈、疼惜我的长辈们也在一天一天老去。

回想过去的岁月，在家人、老师、邻居，甚至只要是认识我的人眼里，我都是听话、懂事、勤奋好学的。不仅学习成绩好，还多才多艺，绝对好孩子一枚。

然而，这只是别人眼中的我而已。只有我自己知道自己是怎样的一个人。我之所以听话，不逆反，或许只是因为从小到大，外公外婆、爸爸妈妈对我疼爱有加，讲理不唠叨，实在没什么可逆反的。鲜少的一两次挨打经历，父母也都是有礼有节，点到即止，使我深刻反省、内心折服的。他们每一次批评和训斥后，都能让我感受到他们对我浓浓的爱。如果他们换作是不讲理、带着情绪训斥责骂，抑或是得理不饶人地反复唠叨，没准儿我就逆反了。

说我勤奋好学，也实属假象。以课业学习来说，在我记忆中，我小学时期，爸爸妈妈从未对我提出过什么学习要求，家长签字基本都是外公外婆和舅妈代劳，他们也仅仅只是履行签字仪式。只签字，不检查对错。直到后来我才知道他们压根儿不知道老师要求检查对误，以为都是学校老师的事儿呢。反倒是偶尔发现我又学会了

什么新知识，觉得甚是新奇，忍不住大声赞赏。不像很多同学，由爸妈陪读伴学，不仅总是要没完没了地完成爸妈布置的额外作业，而且他们的每一个小疏忽，每一次小偷懒，都逃不出爸妈的火眼金睛，无所遁形。相比之下，我的自由和幸福真是无与伦比。在这样一个宽松环境下，我怎么可能是那种勤奋型的孩子呢？我那时的学习状态一直是边玩边学，自由自在。之所以被误认为勤奋，估计是因为我运气不错的缘故,小学三年级以前考试成绩基本都是满分（当然班上相当一部分同学也都是满分），四五六年级，虽然不能总考满分，但也算名列前茅，成绩还过得去。也许正是因为成绩一直还不错的原因，我曾经一直误以为所谓勤奋也许就是在玩的同时，还不忘记完成老师布置的作业，而不勤奋大概就是只玩不学吧。这一对勤奋的错解到了初中表现尤烈。初中三年身边明明有许多勤奋刻苦的同学典范，可我似乎有意无意地在屏蔽他们身上所展示的学习精神，用总能侥幸名列前茅的成绩来固执地暗示自己也是勤奋的。这个问题直到最近进入外高经历了两次考试打击之后我才开始觉悟：原来我一直是在用自己的小聪明掩饰自己的不勤奋。

我的不勤奋，还表现在艺术学习上的浅尝辄止，缺乏专研精神和非要学好的狠劲儿。从小学到初中，我妈妈对我的文化课学习较艺术类学习管得少，要求也不多。虽然偶尔也会给我安排一些语数外培优，但若与艺术培优不可兼顾时，她一定是优先保障艺术培优的。她的理由比较简单，首先她认为文化课主要学习阵地应该在学校，而艺术的学习只能靠业余，而且艺术学习是童子功，错过了这个时期，长大后想学好就几无可能了。所以，尽管初中时期，班主任春哥曾多次苦口婆心地劝说妈妈放弃我的艺术培优，全心学习，妈妈都置若罔闻，固执己见。与妈妈的执着相比，我应该为她的苦心感到内疚。虽然我在小学五年级时就以优秀通过钢琴十级，且直到现在也尽量每天坚持 10 分钟的练习以保持十级的功力，但惭愧地说，如果小时候我多走心一点，一定会比现在精进得多。记得以前老师每周布置的曲目我哪怕是比较走心地练习半小时，老师都会表扬；如果非常走心地练习 10 分钟，老师就会通过。即便如此，被检查不过关的光景依然时常有之。可想我敷衍程度之甚。之所以有敷衍空间，是因为爸妈工作忙，常无暇顾及我，都只是靠我自觉完成。绘画、舞蹈亦是如此，妈妈在家置办了全套装置，可我却几乎将之闲置。声乐学习也是一曝十寒，所以进步缓慢。虽然这些年这样漫不经心地对待艺术学习，或许仅仅是因为妈妈执拗地坚持吧，居然也取得了不小的进步。这也许就是付出与完全不付出的差别吧。只要付出，多少都会有些看得见摸得着的成效的。只是因为我的敷衍与妈妈付出的心血相比，实在汗颜得很。而妈妈却一直蒙在鼓里，傻傻地认为我努力了。

想到这些，我如坐针毡。

十六岁的我，不能再像孩童时期那样随性了。不能再仅仅把对爸妈、家人的爱停留在言语上，或寄予于遥远的未来了，而应转化

为实际行动，用勤奋学习去诠释爱的责任与担当。也许对自己的人生负责，勤奋进取，努力学习，对于当下的我来说，就是对父母和其他家人最好也是最切实际的回报吧。

不知不觉中，已经转钟了，新的一天已经开启。妈妈在房门口探头探脑了好几次，似在提醒我夜已经深了。此刻的我，竟毫无倦意，神清气爽得很，恨不得清晨快些到来，好开始我全新的一天。

“打了鸡血”的我，不由得在内心雀跃地呐喊：“2017，我来了，一个全新的小雨来了，请拭目以待吧！”

蓦然，我再一次被妈妈的睿智所折服。真是在恰当的时候要我做了恰当的事，助我实现了十六岁的蜕变与飞升……

小雨感言：今天的我之所以这样努力，是为了明天遇到更好的自己。